Hans Mehlin

Die Hotzenwälder Anna in Lörrach

Alemannisches Intermezzo

Eine Familiennovelle

Das Vorspiel und das Nachspiel

In meiner Kindheit spielte Uroma Anna oft mit uns das
Mühlespiel. Sie nannte es im Basler Dialekt Nüni-Schtei.
Das Spiel bedeutete Steine setzen, Steine schieben, bis
man offene Mühlen oder mehrere Zwickmühlen besaß.
Letztlich mit Steinen springen. Sie liebte ihr Mühlespiel.
Spielzüge wurden zum leitenden Prinzip in ihrem Leben.

Uroma lehrte uns, strategisch zu denken: Am Anfang mit
großer Flexibilität. Später mit klug überlegten Lösungen.
Nicht nur logische Spielzüge waren für Anna bedeutsam.
Auch die Freude am Spiel. Kreative Varianten und Fallen.
Deren Zweck war Herangehen, Lernen und Wiederholen.

Sie sagte: Üben, üben! Repetieren macht den Meister.
Ihr Mühlespiel schulte das wollende Denken im Leben:
Im Spiel auf Sieg setzen. Beim Verlieren gelassen sein.

Die persönlichen Zuschriften zu meiner "*Hotzen-Saga*"
haben mich ermuntert, Annas Geschichte fortzusetzen.
Für dieses Buch habe ich 2021 ergänzend die Cousinen
meines Vaters zum Familienschicksal jener Zeit befragt.
Uroma Annas Enkelinnen erzählten mir ihre wertvollen
Erinnerungen über die "Hotzenwälder Anna" in Lörrach.

Dieses Buch ist die Fortsetzung der Familiengeschichte
von 1919 bis 1929, die ich in der "*Hotzenwälder Anna*"
und in der "*Hotzenwälder Himmelsleiter*" über meine
Urgroßmutter und ihre Schwestern geschrieben habe.
Damit ist meine *Hotzenwälder Trilogie* abgeschlossen.

4

Inhaltsverzeichnis   Seite

Die Hotzenwälder Anna

Franz Josef und Anna Büche im Jahr 1912

Richards Testament

Die "Hotzenwälder Anna" und ihre Schwester "Pauline"
waren vom Säckinger Nachlaßrichter Herth vorgeladen.
Er sollte den Frauen Richard Kellers Testament eröffnen.
Die zwei Wälderinnen trafen sich am Säckinger Münster.

Auf dem Münsterplatz belebte sich der Mittwochsmarkt.
„Behüt' dich Gott", spielte der Trompeter von Säckingen
auf dem Wochenmarkt beim Scheffeldenkmal nach dem
verlorenen, ersten Weltkrieg: *„Es hat nicht sollen sein"*.
Scheffels Kater Hiddigeigei hätte Tränen vergossen und
das Ach und Krach vom Münsterdach geklagt: "Wenn die
magern Jahre kommen, saug an der Erinnerung Tatzen".

Der vertraute Alltag kehrte zeitweilig in die Stadt zurück.
Anna und Pauline waren wie an einem Festtag gekleidet.
Beide trugen ihren Plissee Glockenrock mit weißer Bluse,
die deren Hals mit festlich gestärktem Kragen bedeckte.
Pauline war sehr früh am Morgen von den Bergeshöhen
des Hotzenwalds heruntergestiegen, da der Postbus von
Herrischried „no nit regelmäßig ins Tal abe g'fahre isch".
Das Vieh versorgte ihre Nachbarin, bis Pauline heimkam.
Sie ahnte, daß Paulines gute Kleidung an einem Werktag
mit Richards Erbe zu tun hatte und fragte: "Wod'sch no
neume ane goh, daß de di Sundigsrockch a'gleit hesch"?

Pauline antwortete der "Nochbere" ungewohnt einsilbig
und holte das gerichtliche Schreiben aus der Schublade.
Aufgeregt packte sie eine Speckseite und Kartoffeln auf
ihr Rückentragegestell. Erwartungsvoll schritt sie ins Tal.

Es war ein bedeutsamer Tag. Auf dem Markt gab sie ihre Vorräte vorübergehend einer Marktfrau in Verwahrung. Bevor sie Anna beim Scheffeldenkmal traf, betete sie im Münster "e Gsetzli", daß sie den Keller-Hof erben möge.

Die Hotzenwälder Anna war mit der Wehratal-Bahn von Lörrach angereist. Seit 1917 lebte sie mit der Familie im grenznahen Lörrach, da sie aus Basel ausreisen mußten. Die beiden Schwestern umarmten sich und gingen zügig zum Amtsgericht. Um elf Uhr war ihr Termin festgesetzt. Anna ahnte, daß der im April verstorbene Vater Richard nun seinen Hof Pauline, Vaters Liebling, vererben werde. Spannend blieb bei Richards Testament jedoch für Anna, ob sie selbst oder die Schwester Steffane in Philadelphia einen Teil erben würde. Es lebten noch drei Erbtöchter.

Paulines Herz klopfte aufgeregt, als der Gerichtssekretär Richard Kellers Töchter in den ehrwürdigen Gerichtssaal hineinführte. Sie plapperte "numme e Hufe dumm Züg" und zog sich strafende Blicke ihrer Schwester zu, als sie die farbigen Bilder an der Stuckdecke sah und flüsterte: "Anna lueg emol uffe, do hets Helge-Bildli an de Dekchi".

Der Amtsrichter Gustav Herth war im Krieg Oberleutnant und Kompaniechef des Infanterie-Reg. Nr. 111 gewesen. Schon im Winter 1914 lag der Offizier in einem Lazarett. Er war am „Hartmannsweiler Kopf" durch Granatsplitter am Kopf und am Arm verletzt worden. Der Kriegsinvalide trug die gleiche Barttracht wie der Badische Großherzog. Das Barthaar schützte die verletzte Wange dort, wo die Studenten einen Schmiss für Mut und Tapferkeit trugen.

Durch die Kieferverletzung zischelte Herths Aussprache. Wenn er Worte mit anlautendem F, P und S artikulierte, pfiff und flötete er wie ein flehmendes Schlachtenpferd. Die flatternden Lippen tönten wie Schießen und Niesen. Zudem nuschelte er in seinen Kinnbart, was seiner hieb- und stichfesten Urteilskraft jedoch nicht abträglich war.

Annas Herz „het bie dene G'räusch a'gfange z'bobbere". Doch sie wirkte äußerlich eher gelassen und versuchte pausenlos, die blasse Plaudertasche Pauline zu mäßigen. Der Sekretär zeigte höflich auf die zerschlissenen Sessel und legte dem Amtsrichter das Testament auf den Tisch. Für Anna, die er für eine städtische Dame hielt, rückte er den gepolsterten Stuhl zurecht. Paulines Stuhl "schürgte und schupfte er schofelig", als ob er ihre verschmutzten Schuhe vom Bergabstieg unter dem Rock gesehen hätte.

Bevor der Richter die erbenden Frauen ansprach, las er das Testament des Notars Dr. Hermann Blümel aus dem Jahr 1911 sehr genau durch. Herth konzentrierte sich auf einen bestimmten Absatz und zischelte leise vor sich hin: "Pauline-den Hof, Nießbrauch-Anna; Steffane-s'git-nüt".

Als Pauline das pfeifende, genuschelte Wort Nießbrauch aus Herths zischenden Backen hörte, argwöhnte sie, daß "si Schnuderpfnüsl pfluderet un si Füdle pfupferet hätti". Sie öffnete schon ihren Plappermund, um ein herzhaftes "G'sundheit Herr Gerichtsrat" auszudrücken. Doch dieser zog nicht einmal das Sacktuch zum „Nase schnütze use". Er mußte auch nicht niesen. Da begriff die Wälderfrau, daß der Nießbrauch nichts mit dem Niesen zu tun habe.

Der Amtsrichter eröffnete den Frauen, daß der Notar Dr. Hermann Blümel Richards Testament nach eingehender Besichtigung des Keller-Hofs und Befragung des Vaters aufgesetzt hatte. Dann las er das Testament laut vor und erklärte allgemeinverständlich, daß Pauline den Keller-Hof allein geerbt habe. Sie müsse Anna am jährlichen Ertrag zu einem Drittel in Naturalien wie Fleisch, Mehl, Kartoffeln, geräucherten Würsten und Speck beteiligen. Steffane in Amerika stehe kein Recht am Nießbrauch zu. Die gepachteten Matten im Herrischwander Wiesental zählten nicht zu den Erbgütern in Richards Testament.

Paulines Plapperei verstummte. Ihr Bangen um das Erbe war ausgestanden. Richard hatte sie zur Erbin bestimmt. Das Glücksgefühl erfüllte ihr Herz. Sie war dankbar und herzte Anna, die ihr zusprach: "s'isch alles guet Pauline".

"S' Richarde Pauline" erinnerte sich noch an den Besuch des Notars Dr. Blümel im Jahr 1911 auf dem Keller-Hof. Richard hatte nie mit ihr darüber gesprochen, was er mit dem Notar damals ins Testament schrieb. Blümel hatte alle Flächen vorab besichtigt: Matten und Getreidefelder in Großherrischwand, ihre Wälder am Singele-Bühl und die Segeter Brennholz-Wälder der verstorbenen Mutter, ebenso die Wehrhalder Weiden. Auch die Ochsen, sechs Kühe, die Hausschweine und Speckseiten im Rauchfang.

Vom Duft der Räucherwürste bekam Dr. Blümel Hunger. Dann habe der Notar mit gesegnetem Appetit gegessen, viel geredet "un au no g'nueg Moscht un Bräntz g'soffe".

Bevor sich die beiden auf die Erkundungsfahrt begaben, hatte ihr der Vater zugerufen: "Choch öbbis guets bis mr wieder chöme. E Brotis un Herdöpfelstock. Nimm'sch am beschte s'Burgimeischterstückli un faißes Suppefleisch". Damit gab er kund, daß er den Notar nobel bewirten und seine Erbschaft ohne Zeugen mit ihm besprechen wollte. Trotzdem hatte Pauline weit offene Ohren und erschrak, als sie hörte, daß der Vater gegen eine Aufteilung aller Grundstücke sei. Er erklärte dem Notar, was er von der Erbteilung halte: "Nüt! Denn do sin nochher alli ärmer".

Der Notar antwortete, daß er die Hotzenwälder Teilung auch für falsch halte. Richard müsse aber daran denken, daß im Höferecht weichende Erben meist leer ausgehen. Er könne ihm keine Fidekommiss-Regelung wie in einem adeligen Herrschaftsbesitz aufsetzen, wo die Güter ohne Verkauf als unteilbares Vermögen an eine Person fallen. Dort würden weichende Erben entweder im Kloster oder als Offiziere versorgt, wenn es die Verhältnisse erlauben. Aber er könne den Nießbrauch für die Töchter eintragen.

Bei den Hotzenwälder Erbberatungen der Notare kam es vor, daß diese mit einem Bärenhunger und quälendem Durst einhergingen. So speisten und tranken alle Notare, auch Blümel, gute Erzeugnisse, wie sonst nur der Pfarrer. Es dauerte ein Drei-Gänge-Essen lang bis das Testament auf dem Papier stand, und der Erblasser zufrieden war.

Dann begleitete Richard den Notar allein zum Postauto, damit Paulinchen kein Sterbenswörtchen erfahren sollte. Bis zum Tod sprach Richard kein Wort mehr vom Erben.

Schürgi-Wägeli und Kaltebach-Rolli

Pauline hatte nach dem Notariatstermin ihre Speckseite und ihren Herdöpfel Rucksack bei der Marktfrau geholt. Dann übergab sie Anna das Päckchen für ihre Heimreise. Am Bahnhofkiosk tranken die beiden „Cafi mit Möggeli". Pauline gab Anna "de Herdöpfel-Transport z' bedenkche: Muesch halt luege! Wie du im Herbscht zwanzig Zentner Herdöpfel un zwei Zentner Fleisch, Speck und d'Würscht vo Großherrischwand uf Lörrach abe schpediere chasch. Du hesch g'nueg hungrigi Müler am Chuchi-Tisch hocke". Dieser Hinweis galt Annas Buben „un'm Döchterli Nani".

Als das Semaphor auf Grünphase gezogen worden war, nahm der Zug beim Trillerpfiff am Bahnsteig Tempo auf, ohne zu zischen oder dunkle Dampfwolken auszustoßen, denn die Bahnstrecke war seit sechs Jahren elektrifiziert. Die kastenförmige Lokomotive hatte auf dem Dach zwei Stromabnehmer und zog die vier Wagen mit Drehstrom.

Anna blickte freudig aus dem Fenster und erinnerte sich, daß ihr Mann im Jahr 1890 beim Neubau der Wehratal-Bahn gelästert hatte, daß die geschäftstüchtigen Wehrer und Hasler Kaufleute sowie Vermieter von Baubaracken sich an tausenden italienischen Bahn-Bauarbeitern ihre „goldige Nase" verdient hätten. Auch tüchtige Gastwirte hätten mit den Bauarbeitern ihre Gaststuben vergoldet.

Die Wehrer hätten kaum Geschick noch den Willen zum "Knorze un Schufte; aber zum rechten Reibach machen".

Als der Zug Fahrt aufgenommen hatte, blickte Anna auf die Wallbacher Wiesen und das kleine Bahnwärterhaus. Im Brenneter Bogen spiegelte das blitzblanke Shed-Dach der aufstrebenden Mechanischen Buntweberei Brennet.

Anna erinnerte sich an ihre erste Zugfahrt nach Basel mit Franz Josef. Seither gingen fünfundzwanzig Jahre vorbei. Damals setzte sie im Mühlespiel ihres Basler Lebens auf die weißen Mühlesteine. Entsprechend mußte sie jetzt in Lörrach mit ihrem Mann und ihren fünf Kindern das Spielbrett wiederum mit den weißen Steinen besetzen. Sie beherzigte den Rat des Lehrers, der ihr damals riet: Wer die weißen Steine setzt, hat gute Chancen, im Spiel die Freiheit des Handelns selbst bestimmen zu können. Mit klug gesetzten Steinen gelingen die guten Spielzüge.

Ihre klaren Gedanken nahmen nun Gestalt an, wie sie die Lebensmittel vom Großherrischwander Keller-Hof nach Lörrach bringen lassen könne. Deswegen wollte sie zu ihrer Freundin und Schwägerin Berta Büche in Wehr, um zu beraten, ob sie in deren Scheune einen trockenen Umschlagsplatz für Paulines jährliche, zwanzig Zentner Kartoffeln und für das Fleisch einrichten könne. Denn sie brauche in Lörrach für die Familie mehr Nahrungsmittel.

Der Zug fuhr über ein Vorzeigewerk der Bahnbaukunst; die technisch brillante Wehrabrücke über den Flußlauf. Dann überquerte er in Öflingen kleinere Brückenbauten an der Schmadstraße und Oberdorfstraße, bevor er im Wehrer Bahnhof hielt. Anna ging zu Fuß zu Berta Büche. Denn sie wollte bei ihr außer den Kartoffel-Transporten auch andere Themen ansprechen: Wenn es nur auf Anna und die Kinder ankäme, zögen sie wieder "uf Glai-Basel". Doch Franz Josef war von den Baslern zu tief enttäuscht.

Berta freute sich über den Besuch ihrer Freundin Anna. Beide lasen gern Bücher. Früher in der Lesegesellschaft, die in Wehr und Säckingen seit Jahrzehnten bestanden. Einst tauschten sie ihre Lektüre am Wehrer Marktplatz und nutzten jede Gelegenheit über Bücher zu sprechen. Anna jubelte: "Wieder e Obe über Bücher schnädere"! Berta holte das Backblech mit "d'Öpfelwaije us'm Ofe".

Die Transportfrage der Kartoffeln und des Fleisches war schnell besprochen: Berta wußte, daß die Fuhrknechte immer wieder "d'Chärreli" aus dem Hotzenwald für den Stoffdruck, die Teppichweber oder Möbelstoffe fuhren. Der Rickenbacher Fuhrmann Karl Sutter sammelte textile Heimarbeiten aus dem Hotzenwald ein. Otto Fricker und "de aldi Kramer" fuhren im Wehratal bis nach Todtmoos. Alte Säcke gäbe es im Kohlenhandel vom Weißenberger.

Wenn „d' Herdöpfelsäck erscht emol bie uns sin, un die g'schüttete Grumbiere auf de Hurt liege" meinte Berta, „isch de halb Weg scho g'schafft. Schick mr dieni Buebe, dann könne die Kerli mit'm Schürgi-Wägeli dieni Säck an Wehrer Bahnhof ane schiebe und mit eure Herdöpfel bis zum Lörracher Bahnhof heimfahre". Anna stimmte ein: „Un vom Lörracher Bahnhof zieh'n sie die Herdöpfelsäck uf'm Kaltebach-Rolli bis zu uns in Tumringerstroß heim". Der Plan hatte Konturen gewonnen und die Freundinnen unterhielten sich am Abend angeregt über ihre Familien.

Berta bat nun: "Muesch vom Gotte-Chind Nani verzelle".
Anna erzählte, was sie über "s'Maidli" berichten konnte:
"S' Nani isch scho e ufg'weckts Frollein. Sie het ihre harte
Glai-Basler Dialekt immer no druff, obwohl me z'Lörrach
un im Wiesetal viel weicher schwätzt. Sie isch bald fertig
mit de Lörracher Handelsschul in de Baumgartner Stroß.

Am liebschte würd' sie dann z' Lörrach bie de Dedi-Bank
e Banklehr' mache. Aber do bruucht's halt no ne Rüngli,
daß sie au Maidli mit'eme welligi Lockche-Chopf nähme.
S'rechne un schriebe het sie in de Basler Sekundarschul
immer gern g'ha. Vor allem s'Französisch wird'ere helfe".

Das Klavier sei der Umzugspreis für die „Züglete vo Basel
nach Lörrach g'si". Nani sei verprellt, nicht mehr selbst
Klavierspielen zu können. Wenn Anna nur geahnt hätte,
daß Nani ihr Klavier so liebe, hätte sie anders gehandelt.
„I find's guet, daß sie wieder s'Klavierspiele a'fange will.
Aber si het no kei G'legeheit gfunde, wo sie ane chönnt".

Dann sprachen sie über Annas Pläne, daß sie mit Franz-
Josef wieder für die Feuerversicherung tätig sein wolle.
Damit könne sie das Schulgeld für die Kinder verdienen.
Sie habe kürzlich Frau Alioth in Basel besucht und auch
gefragt, ob es für Franz-Josef eine Möglichkeit gebe, das
Wiesental und den Hotzenwald erneut zu bereisen, um
die Vorkriegsverträge der Basler Feuerversicherung zu
aktualisieren. Mehrere männliche Versicherungsnehmer
seien im Krieg gefallen. Man könne auch mit Witwen die
Brandversicherung für die Bauernhöfe neu abschließen.

Annas Kinder halfen ab diesem Zeitpunkt in den Ferien bei der Kartoffelernte und organisierten den Transport der Kartoffelsäcke bis in den Lörracher Herdöpfelkeller.

Pauline richtete morgens "e Schüsseli warmi Milch un e Teller Mehlsuppe, Brägeli mit Griebeschmalz und Speck. Z'Obe het's Schlempekrut mit g'schwellte Herdöpfel und Bluetwurst geh, daß d'Chinder Speck uf ihri Rippe kriege. Am Abend erzählte ihnen Pauline, wie deren Mutter oft hungrig ins Bett gehen mußte und sang mit den Buben. Es gab noch "Chüchli mit Öpfelmus un zuckereti Beeri", denn sie hatte genug Obst, da niemand Bräntz brannte. Mit Richards Tod blieb auch seine kupferne Destille kalt.

Die großen Buben, Otto und Fritz, spannten die Ochsen vor den Dielenwagen. Die kleinen Buben Willi und Emil kletterten auf die Pritschen: Sie wollten "Geißle pfitze". Doch Pauline tadelte diese Malefiz-Buben und mahnte: "Ihr muent de ganz Dag lang neui Grumbiere uflese" und gab den beiden die Hacke und die Heugabel in die Hand. Die Buben hoben unter Paulines prüfenden Blicken die Herdöpfel reihenweise aus dem Sand und legten sie in die bereitgestellten „Wiedechratte und Herdöpfelsäck". Die schönen Saatkartoffeln füllten sie in luftige "Zainen". Pauline erklärte, daß es gebenedeite „Grumbiere" seien.

Otto und Fritz hoben die Kartoffelkörbe und die Säcke mit Schwung auf den Wagen und fuhren heim ins Tenn. Auf den beernteten Kartoffeläckern zog der beißende Rauch vom verbrannten Kraut über die Dörfer hinweg.

Am Ende der Kartoffelferien schulterten die Buben ihre
Rucksäcke, in denen sie Speckseiten und Würste trugen.
Der Fuhrmann hatte schon vor einigen Tagen zehn Säcke
als Beiladung einer Fuhre zur Wehrer Ölmühle abgeholt.
Pauline umarmte die Buben zum Abschied, malte ihnen
ein Kreuz auf die Stirn und beschrieb den besten Abstieg
vom Wälder nach Wehr ganz genau. "Laufet unterhalb
vom Ödland in Herrischried ans Bugemoos übere. Nit bis
in'd Lochmatt; göhn't über de Niedergebisbacher Sattel.
Am Alteschwander Totebühl bie de Weidfeldbuche nach
Strick. Dann am Josefswegli bis an de Wehrer Fischgrabe
abestiege". Sie warnte die Buben: "Um Himmelswille nit
scho vorher in Mühligrabe abzwiege. Dört chasch burzle,
wenn de e Tritt denebe mach'sch. Fuffzig Meter burzle".
Dann sah Pauline den vier Buben nach, bis sie aus ihrem
Blickfeld entschwanden und freute sich: "Mieni Buebe"!

Nach etwa drei Stunden "de Wald abschtiege" trafen sie
bei Tante Berta in Wehr ein. „Noch'm Stückli Öpfelwaije"
schoben sie die erste Ladung mit Herdöpfel auf Bertas
"Schürgi-Wägeli" zum Bahnhofplatz. Der Zugschaffner
zeigte auf den Packwagen, in den sie die Kartoffelsäcke
laden konnten. Lachend sprach er mit launigen Worten:
"Hocket zu eure Herdöpfel, damit eu die Herdöpfelsäck
nit devo laufe. S'git au hungrigi Lumpesäck in de Wäge."

Berta gab ihnen liebe Grüße auf den Heimweg mit und
schob ihr leeres "Schürgi-Wägeli" wieder bis nach Hause.
Die Buben hockten wie vom Schaffner geheißen auf ihre
wertvolle Fracht und kamen nach einer Stunde Zugfahrt
endlich mit ihren Hotzewälder Herdöpfel in Lörrach an.

Das Lörracher Mühlespiel

Im November hatten die Buben die letzte Bahnfahrt mit den Kartoffelsäcken für den Winter 1919 abgeschlossen. Franz Josef "het vor jedem Herdöpfel-Zügli g'lueget", ob sie "de Kaltebach-Rolli" durch die Stadt ziehen könnten. Denn es gab Innenstadtsperren von Freikorpsverbänden und von Soldatenräten. Die Revolutionäre wollten eine Räterepublik. Lörrach zählte zur entmilitarisierten Zone. Zur Erhaltung der Ordnung war kaum Polizei da. Im März gab es ein Attentat auf Bürgermeister Erwin Gugelmeier.

Der verlorene Krieg und die revolutionäre Entwicklung hatte ab November 1918 zur Abdankung des Badischen Großherzogs und Zerschlagung der Staatsmacht geführt. Kaiser, Könige und der Adel verloren das feudale Recht. Der am Krieg fast unbeteiligte Schweizer Rheinuferstaat hatte riesige gesellschaftliche Spannungen auszuhalten: Die Nahrungsrationierungen und soziale Verwerfungen. Vorteile der Notzeit genossen fast nur Kriegsprofiteure und vereinzelt Basler Chemiefirmen. Nicht nur in Lörrach wiesen Plakate auf die heftige Hungersnot hin: *Bauern helft! Unsere Städte hungern*"! Die besiegten Soldaten und rückkehrende Elsässer Reichsdeutsche zogen durch Lörrach, bis sie Bahntransporte in die Heimat bekamen.

Im Spital wechselten die Kriegsinvaliden ihre Verbände. Auch in Lörrach suchte sich die spanische Grippe Opfer. Der Krückenverkauf hatte Hochkonjunktur. Die Soldaten fanden Quartiere in städtischen Randlagen. Der Hunger trieb sie zum Mundraub und zu schändlichen Taten an.

Die siebenköpfige Familie Büche lebte in den Mansarden der Tumringerstraße 227 in Lörrach, seit sie im Jahr 1917 ihr Basler Haus verlassen hatten. Sie "hen biege mueße". Das Leben spielte sich auch "in der Wohnig drunter" ab: Bei Frau Hoffmann, Annas Cousine "us'm G'stellerhüsli", wie man die Kuckucksuhren Werkstatt bezeichnet hatte. Die "Hofmänni" hatte ihnen nach dem Hals-über-Kopf-Umzug aus ihrem Haus in der Basler Markgräflerstraße die neuen bescheidenen Mansarden vermitteln können.

Die Mansardenwohnung in der Tumringerstr. 227
Foto des renovierten Lörracher Hauses im Februar 2022

An der Türe stand auf einem Messingschild "Baurevisor" Franz Josef Büche "Rentier". Die Rente reichte für das Leben der Familie. Sie war aber zu gering, um Schulgeld für die Realschule der Buben Emil und Willi sowie den Basler Klavierunterricht der Tochter Nani zu finanzieren.

Franz Josef war in seiner neuen Lage gesetzter und still geworden, da er die Basler Ausgrenzung im nationalen und völkischen Denken des früher freisinnigen Freimuts nicht verwunden hatte. Fast wäre er in der Glai-Basler Ehrengesellschaft "Zur Hären" aufgenommen worden. Doch diese Ehre wurde einem Schweizer Kollegen zuteil.

Jetzt ging er ganz gern ins Warteck an der Kreuzung der Körnerstraße und Tumringerstraße. Es ging ihm weniger darum, ein „Lasser-Bier z'päpere, als um's dischgeriere". Da saßen Kriegsveteranen und Reichsdeutsche, die nach dem Krieg aus Kriegsgründen "us'm Elsiß abg'haue sin". Wenn er ihre traurigen Geschichten im Warteck hörte, war er dankbar, daß seinen Söhnen die Schützengräben und vor allem das giftige Senfgas erspart geblieben war. Der frühere Wohnort Basel hatten ihn und seine Söhne davor bewahrt, in den 1. Weltkrieg ziehen zu müssen.

Der Warteck Stammtisch war für Franz Josef zur Quelle der Nachkriegs Nachrichten im Dreiländereck geworden. Dort wurden extreme, politische Streitschriften verteilt.

Anna lag ihm in den Ohren, daß sie mit der Näharbeit für die Sattlerei weniger Geld für den Fachschulbesuch der Söhne zuverdienen könnte als in Basel. Er antwortete ihr meistens recht kategorisch: "Maidli, trätz mie nit immer, de Basler Traum isch usträumt. Mir wohne im Dütsche"! Franz Josef erinnerte an die nationalistische Rede des Dichters Carl Spitteler: "Der Schweizer Standpunkt" und sagte: "Das hört no nit uf: Die Schweiz den Schweizern! Dann beendete er das Thema mit den bitteren Worten: Mir het's g'längt, daß die Basler uns eimol usekeit hen".

Aber er war zugänglich für Annas Pläne, neue Verträge für die Feuerversicherung im Hotzenwald abzuschließen. Das sei ein einträgliches Provisionsgeschäft, mit dem sie ausreichend Schulgeld für die jüngeren Buben bekämen. Er gab sich einen Ruck und fuhr mit dem Basler "Trämli", das seit November wieder bis nach Lörrach hereinfuhr, zum früheren Chef Herr Dr. Alioth am Basler Nadelberg. Zuvor besuchte er seinen Freund, den Hofmeister Stucki, um die Stimmung des Basler Direktoriums zu erkunden.

Anna witterte Morgenluft, als Franz Josef gut gestimmt von seiner Feuerversicherung am Nadelberg zurückkam. Er könne ab dem Frühjahr 1920 "de Wälder versichere". Plötzlich gab es Zuversicht in der Mansarden Wohnung. Franz Josef bereitete die "Versicherigs-Akquise" gut vor. Anna umarmte und küsste ihn wie in guten Basler Tagen.

Sie freute sich auf die Bereisung der Hotzenwälder Höfe und begann, den harten Basler Dialekt mit den weichen, angestammten Hotzenwälder Tonlauten auszutauschen. Die Kinder staunten über ihre sprachlichen Wandlungen, denn sie hörten ihre Mutter fast nie als Hotzenwälderin.

Unterdessen schöpfte sie Kraft bei einer stillen Andacht oder im Gebet in der nahe liegenden Bonifatiuskirche. Drei der vier Kirchturm Glocken waren für die Munition eingeschmolzen worden. Das Geläut klang immer noch kraftvoll. In der dreischiffigen Säulenbasilika erinnerten sie die acht hellen Säulenkapitelle an die weißen Steine ihres geliebten Mühlespiels. Anna ärgerte sich, daß sie das Brettspiel über die Kriegswirren ausgesetzt hatte.

Bei der Andacht beim Hl. Bonefatius hätte sie gern den Dorflehrer befragt, welche Spielzüge sie jetzt auf dem Mühle Spielbrett des Lörracher Lebens ausführen sollte. Er würde bestimmt an ihr Mühlespiel von 1890 erinnern, da sie ihn einst mit den schwarzen Steinen besiegt hatte.

Er würde ihr raten: "Zeig de Chinder, daß de au mit de schwarze Mühlischtei gueti Spielzüg anebringe chasch". Diese Haltung solle Anna ihren Kindern im Spiel lehren.

Sohn Otto, der die Statur von Franz Josef geerbt hatte, könnte ein Kaufmann werden. Der große Fritz liebte das Kopfrechnen und Zahlen ebenso wie ihre Tochter Nani. Beide könnten eine Banklehre anstreben. Für die Buben Willi und Emil zeichne sich ein Beruf als Webermeister und in der Basler Chemie ab, wenn das Schulgeld reiche.

Eine gediegene Ausbildung sei das Fundament im Leben, wie es die Mamsell Anna bei privilegierten Herrschaften der Alioths und im "chläbrige Basler Daig" erlebte hatte. Annas Mühlespiel war neu aufgestellt. Es war *bone fatie*! Sie wollte "gueti Spielzüg mache, statt im Läbe gumpe ".

Der Sattlerlehrling

Im folgenden Winter nahm Anna "verschlänzti Hemmli" zum Flicken in Kommission. Sie hatte eine Nähmaschine. Die Sattlerei Sütterlin bot jetzt in der Tumringerstraße zu ihren Lederwaren auch Hemdenstoffe und Vorhänge an. Zusätzlich bestand eine Änderungsschneiderei im Laden.

Am Lichtmeß-Nachmittag hatte sie ihrer Tocher Nani das Knopfloch-Nähen gezeigt. Die versenkbare Nähmaschine stand am Fenster und schnurrte geschmeidig, wenn sie das Trittbrett "mi de Bei" in wippender Weise bediente. Zum Abschluß versorgte sie "Stecknodle un Schließgufe" in der Seitenschublade, wo die Fäden und Nadeln lagen. Dann beauftragte sie Nani, die fertig genähten Stücke in einer "Zaine" zu Frau Sütterlin über die Straße zu tragen. Sie warnte: "Muesch aber nit uffällig übere scharwänzle. De Fritz luegt scho e ganzi Stund use, ob de chunnsch". Ihre Gedanken "über e gattig Maidli" behielt sie für sich. Aber sie erinnerte sich in diesem Augenblick, wie sie den Mettler Franz als "Gügsi" zu umgarnen versucht hatte.

Nani kämmte den wilden Lockenkopf und zog die alten Schuhe an, denn sie wollte Fritz nach Absätzen fragen. Dann trippelte sie über die Straße. Sie trug ihren Korb seitlich unter der rechten Brust, um die gestreckte linke Körperlinie und die schwungvollen Lenden zu betonen. Die letzten Meter schlurfte sie sehr auffällig, als ob der Absatz am linken Schuh seine Funktion aufgeben würde. Im Augenwinkel beobachtet sie das Fenster, an dem der Lehrling Fritz an seiner Werkbank in der Sattlerei saß.

Nani öffnete die Türe zur Sattlerei und humpelte auf die leicht verblüffte Sattlerfrau zu. Sie schwang die Zaine mit den genähten Hemden auf den Ladentisch und säuselte mit unschuldigem Gesicht: "Frau Sütterli, grad isch mie alte Absatz abknickt. Darf i mieni Schuh im Fritz zeige"?

Die Meisterfrau ahnte Nanis Absicht und sagte lächelnd: "Du dunderschießigs Maidli! Das blangt di wohl scho die ganzi Wuche, daß du'm Lehrling dieni Bei schpienzlesch. Sakradie un Schterneblitz! Dieni rote Backe verrote die! Aber dann kriegt de Fritz au e wenig Farb in sie G'sicht". Sie wies mit der Hand zum Arbeitsplatz des Lehrlings, der eine alte Ledertasche mit einem neuen Griff versah.

Ernst Friedrich Mehlin, der Sattlerlehrling Fritz, aus der Hauptstraße in Weil fuhr jeden Tag mit dem "Velo" von Alt-Weil fast sieben Kilometer in die Sattlerei Sütterlin. Er hätte zwar lieber Konditor gelernt; sehr gern im Cafe Spitz in Basel. Doch die Grenzschließung ließ es nicht zu. Der hagere, blasse Bursche mit einem melancholischen Gesichtsausdruck hatte es mit seinen vier Geschwistern nicht leicht gehabt. Seine Mutter starb vor vier Jahren an der Schwindsucht. Der Vater "Jobi" kam vor zwei Jahren in krankem Zustand aus dem Krieg in Frankreich zurück. Fritz mußte mit seinen vier Geschwistern bei Alt-Weiler Nachbarn leben und nach der Schule schwer schuften. Sein Lehrer beauftragte ihn mit dem Heizen der Schule und um elf Uhr meist „mit Herdöpfel uf'm Herd ob'due". Der ledige Schulmeister lebte über dem Klassenzimmer. Fritz bekam vom Lehrer meistens ein paar Kartoffeln mit nach Hause. Seit drei Monaten hatte er eine Stiefmutter.

Nanis Herz begann heftiger zu schlagen, als sie Fritz sah. Ungeachtet des vermeintlich geknickten Schuhabsatzes tänzelte sie graziös auf den Lehrling am Arbeitsplatz zu.

"Chasch emol nach miene Absätz luege" fragte sie ihn; setzte sich auf einen Stuhl und hob ihren Rock bis kurz unter dem Strumpfband an. Dann streckte sie ihm "ihri blutte Bei" entgegen, damit er den Schuh sehen konnte. Er blickte sie treuherzig an und fragte, wobei er feurige, rote Ohren bekam, ob er ihr den Schuh ausziehen dürfe. Sie nickte, als ob "e diffigs Maidli nüt anders" erwartete. Fritz hoffte, daß sie Zeit habe, damit er den Schuh gleich reparieren könne. Nun wollten beide „a'fange z'döble".

Während er Nanis Absatz auf den Eisen-Dreifuß gesteckt und mit der Zwickzange von der Schuhsohle abgezogen hatte, fragte er sie: "Me sait, daß du in Basel in d'Schul gange bisch. Schwätzisch wäge dem so Glai-Baslerisch"? Sie bestätigte ihm, die Basler Sekundarschule vor zwei Jahren beendet zu haben, und jetzt die Handelsschule zu besuchen. Dann wolle sie bei der Dedi-Bank anfangen.

Fritz erzählte von seinen jüngeren Schwestern Emilie, Frieda und Rösli sowie vom Bruder Karl, der aber "echt e Ecke ab hätt" und auch "ab und zu dure dreihe duet, sit uensi Mueder vor vier Johr uf de Gottsacker gange isch".

Dann schnitt Fritz mit der Lederschere die Absätze nach, polierte sie, leimte und nagelte die Sohlen und Absätze. Abschließend sagte er freudig: "Voila Mademoiselle! Jetz chasch in de Schulpause im Park umme schwadroniere"!

Nani wandelte auf Wellen wie auf den wohligen Wolken. In ihrem Herz "het's Blut afange rusche". Im Rausch des Glücks hatte sie vergessen, "d'Zaine" mit neuen Stoffen im Sattler Laden mitzunehmen. Frau Sütterlin schüttelte den Kopf und sagte: "Do fliege d'Summervögeli umme!"

Als sie ihrer Mutter daheim in die Arme lief, lachte Anna: "Keini Usrede, Maidli! Ich weiß, daß du im Fritz jede Dag e Schüsseli Herdöpfel übere bringe willsch. Han'i recht"? Denn sie sah, daß ihre Tochter Schmetterlinge im Bauch hatte und sagte leise "i glaub, jetz fangt's Döble bald a".

Nani brachte ihrem Schatz ab dem nächsten Tag in "eme Gschirrli "das Essen vorbei. Denn die "heiß Riebelisuppe" der Frau Sütterlin war für den hungrigen Fritz zu wenig. Anna kannte den Hunger aus ihrer Jugend und raunte: "Ünsi Herdöpfel un d'Würscht länge für die Fritz-Schatz".

Fritz hatte bei ihr einen weiteren Mühle Stein im Brett: Er wußte, daß es neben der Warteck-Wirtschaft bei der Adventsgemeinde ein Klavier gab, um deren Lieder im Gottesdienst zu begleiten. Diese Bibelevangelisten der Adventsgläubigen hatten seit der Zeltmission in Lörrach großen Zulauf bei den Versammlungen. Sie tauften im Gewerbekanal, im Mühleteich und im Flüsschen Wiese.

Nani bekam die Erlaubnis, auf diesem Klavier zu spielen. Natürlich mit der Bitte, bei Verhinderung der Organistin einzuspringen. Über die Erlaubnis war Nani glücklich und ging fast jeden Tag in den Betsaal, um zu üben. Wenn sie Mozarts Rondo Alla Turca spielte, "hen alli g'luschteret".

Die Erneuerung der Brandversicherung

In den Pfingstferien fuhren Anna und Franz Josef "uf de Wälder", um Pauline "biem Herdöpfel setze" zu helfen. Im Bauerngarten blühten die roten und weißen Blumen: In roter Blütenpracht das Lungenkraut, die Pfingstrosen und Klatschmohn. Die Anemonen mit "de wieße Dupfe".

Franz Josef bereitete seine Versicherungsunterlagen aus. Er saß in der Maiensonne vor der Laube des Bauernhofs. Anna stand gegenüber. Auf dem Gartentisch öffnete sie die Schlösser und Schnallen des neuen Lederkoffers, den der Sattlerlehrling aus Spaltlederstücken gefertigt hatte. Fritz hatte genaue Anweisungen zu den Zwischenböden und den Innenfächern erhalten. Denn der Koffer mußte verschiedene Karteikarten, Beispiele und Zahlentabellen für Leistungen der Basler Feuerversicherung aufnehmen.

In einem "Wiedechratte" hatten sie "Schwiezer Schoggi" und "Basler Läckerli" mitgebracht. Die "Schoggi" waren für die Bürgermeister und die Ratschreiber vorgesehen. Das traditionelle Basler Lebkuchengebäck sollte jedem Versicherungskunden geschenkt werden, um ihm für die bisherige Treue zur Basler Feuerversicherung zu danken. Es galt, die Vorkriegsversicherungsverträge an die neuen Bedingungen anzupassen und die Gebäude zu schätzen. Im ersten Weltkrieg waren auch Hotzenwälder gefallen, die in der Basler Versicherungskartei verzeichnet waren. Anna war gut vorbereitet, mit den Witwen zu sprechen. Für die Fahrt über die Dörfer stand das "Lehrer-Breggli" zur Verfügung. Es war seit dessen Unfalltod unbenutzt.

Am Pfingstsonntag hatte sich die Kunde verbreitet, daß man bei Pauline "Schoggi un e Gugge mit Basler Läckerli" erhalte, wenn man sich für einen Versicherungstermin bei Anna und Franz Josef anmelde. Eine Woche später verbreitete sich das Gerücht, daß es "Bohne-Cafi" gebe. Denn Pauline hatte bei allen möglichen Gelegenheiten und auf dem Kirchhof "g'schnäderet, daß es öbbis git".

Vom Herrischrieder Viehändler und Metzger bekamen sie zwei Zugpferde, um die Lehrerkutsche anzuspannen. Der alte Revisor wollte nur "in'ere währschafte Chaise" ausfahren. Er meinte: "Im e Dogder-Chaisli will is' Läbe nit woge". Franz Josef und Anna sollten die Akquise bis zum "Heuet" durchführen und auf Paulines Hof hausen. Anna ergriff die Zügel und assistierte. Wie vor zwanzig Jahren, als sie mit dem Baurevisor über die Dörfer fuhr.

Der erste Termin fand in Wehrhalden statt. Das war ein Heimspiel und ein guter Vertrag. Denn der Wehrhalder war damals der erste Brand, bei dem die Versicherung das Brandgeld bezahlt hatte. Er war Feuer und Flamme und drängte: "Her mit'm Vertrag! I unterschrieb'n glie". Doch Franz Josef wollte zuerst sein Gebäude vermessen, den tabellarischen Wert ermitteln und die neue Prämie berechnen. Dabei führte Anna die Berechnungen durch.

Da nahm der Wehrhalder seine Kappe vom Kopf und sah die Frau des Revisors fast staunend an. "Maidli sagte er, wo hesch du so schnell rechne g'lehrt? Anna wollte ihn aber nicht düpieren, da es um einiges ging und konterte: "Xaveri, du bisch doch au biem Lehrer in d'Schul gange!

Nachdem Wehrhalden zum ersten Erfolg geführt hatte, fuhren sie weiter nach Engelschwand und nach Segeten. Um die Höfe unter dem "Gugele-Buckel am Öfeli-Schtei" machten sie einen Bogen. Dort hauste der Hotzenblitz im heiteren Himmel und wartete bis er gerufen wurde.

Auch in Segeten hatte die Basler Feuerversicherung oft Brände verzeichnet: Den Blitzschlag 1902 beim Wasmer, Kinderzündeln 1904 beim Huber. In der Hetzlen-Mühle beim Gerspacher, der später verarmte, sogar zweimal: Die Brandstiftung im Jahr 1905 und Fahrlässigkeit 1911. Bei der Witwe Gerspacher war es 1908 ein Brandstifter. Auch beim Brand von Fridolin Albiez konnte man im Jahr 1911 Fahrlässigkeit ermitteln. Doch die Basler bezahlten, wie Franz Josef in den Versicherungsakten gelesen hatte. Das war keineswegs eine "Gaudi" erinnerte Franz Josef.

Als sie von Giersbach mit zwei guten Abschlüssen über die Halde fuhren, legte Anna den Kopf vertraut an Franz Josefs Schulter und flüsterte ihm ins Ohr: "Denkch'sch no do dra, wie mr au scho eng anenander g'schlupft sin, wo du mit mir, mit's s'Richarde Maidli, usg'fahre bisch"?

Bei den ersten Bauernhöfen von Segeten sang sie einen geläufigen, alten Kinderreim: "*Sägete isch e schäni Stadt, Herrischried e Bettelsack, Engelschwand e Lierechübel, Herrischwand de Deckel drüber*". Das war eine "Gaudi".

Nahe bei der Gaststätte Kranz in Segeten zeigte Anna "ufs'Villigerhuus": Die Heimat des Rebellen Gaudihans. In Steckbriefen der vorderösterreichischen Waldvögte war der Hotzenwälder Einungsmeister Johann Wasmer, ein trotziger Salpeterer, zur Verhaftung ausgeschrieben: *"Der sogenannte Gaudihans von Segeten, etwa 55 Jahre, mit den roth-gelben Haaren, hat ein krummes Maul und trägt Bauernkleyder, bisweilen einen schwarzen, blauen oder rothen Schoben".* Er saufe, prügle und liebe Gaudi.

Der Gaudihans starb 1747 an Auszehrung im Waldshuter Gefängnis. Er hatte zuvor die hochwohllöblichen Herren mißachtet, als er sie im Schweinestall eingesperrt hatte. Der Salpeterer plädierte immer für Freiwirtschaft in den Gaststätten und wetterte wild gegen den Zapfenstreich.

In Segeten sprachen sie zuerst mit dem Waldhüter Bär. Dieser Ortschronist und Ratschreiber schrieb seit Jahren alle besonderen Ereignisse seines Dorfes ganz genau auf: Erfrorene, totgekarrte, totgestochene, überfallene, vom Blitz getroffene Schlawiner und erhängte Segeter Leute. Johann Bär wußte auch die Namen der Diebesbande aus Segten, Hänner, Hogschür und Rotzingen, die in der Not Mehl, Speck, Schweine, Bienenkörbe und Honig stahlen. Sie wurden 1852 zu langen Zuchthausstrafen verknackt.

Dann fuhren sie mit der Kutsche zum "Lärchehuus", dem Geburtshaus der vaterseitigen Großmutter: Anna Huber. Dann ins "Polykarpenhuus" (später Kinderheim, Polizei), wo von Mutters Seite Annas Großmutter, Anna Metzger, gelebt hatte. Danach zum "s'Sägers Huus", woher Annas Großvater Josef Matt stammte, Anna Metzgers Gemahl. Pauline hatte den Besuch des Revisor-Paars vorbereitet, denn sie hatte mit dem Waldhüter beste Beziehungen.

Paulines Ankündigung von Anna und Franz Josefs Besuch
versetzte die Segeter Verwandtschaft in Hochstimmung,
als ob es beim Versichern um einen Lotteriegewinn ging.
Das große Los bestand in einer Feuer-Hof-Sanierung auf
Kosten der Basler Feuerversicherung, falls es "do blitzt".
In ihrer geheimen Vorstellung zündeten sie die Kerze an,
wenn der Basler Versicherungsvertrag geschlossen war.

Annas Cousinen trugen wie am St. Anna Patrozinium die
Goldfäden-Schnüre Mieder. Darunter weiße Halskrausen
und Puffärmel. Darüber brandglutrote Zipfel-Tschoben.
„Ihri Scheiche" unter den gefältelten Röcken bedeckten
helle Strümpfe. Ihre Füße zierten feste Schnallenschuhe.
Um die Taille blitzte eine blank geputzte Messingplatte,
die an einer fingerdicken Gürtel-Kette wie Gold glänzte.
Damit konnten die Frauen bei Raufereien der Burschen
selbst gehörig dreinschlagen, "wenn öbbis gange isch".

Die weitläufig verwandte Maria war ebenso "a'gschirrt".
Ihr Mann Josef hatte den Gehrock als Kleidung gewählt.
Diese "Röckler" zogen ihre "Montur" nur noch selten an.

Annas Cousine Marieli holte zum Essen "us de Chuchi-
Buddig" in der Laube "e Hafe Surkrut mit Schupfnudle".
Ihren Gusti beauftragte sie, "Moscht un Bräntz z'hole".
Anna gab ihr "e Gugge mit Basler Läckerli un d' Schoggi".
Die Süßigkeiten versteckte sie sofort in ihrer „Buddig".
Gusti unterschrieb die Brandversicherung "ohni mucke".
Marieli kicherte, als ob er das Brandgeld bestellt habe.

Die Basler Feuerversicherung bot ihren Versicherten im Normalfall bei Blitz, Feuer, Sturm eine Grunddeckung an. In besonderen Fällen konnten gebietsspezifisch Lawinen, Erdbeben und Überschwemmungen versichert werden. Die bisher versicherten Höfe wählten die Grunddeckung.

Franz Josef sammelte im Kofferfach die unterzeichneten Versicherungsabschlüsse. Mindestens fünfzig Verträge, bevor es im "Heuet" zum saisonbedingten Abbruch kam. Es waren die verbreiteten Hotzenwälder Namen Arzner, Eckert, Gottstein, Kaiser, Keller, Strittmatter, Wasmer. Einige Witwen, deren Männer im Krieg gefallen waren, hatten die Verträge mit Annas Zuspruch unterschrieben.

Der Bauschätzer nutzte die "Heuet" Wochen für weitere Besprechungen im Basler Versicherungsdirektorium und brachte "nomol Schwiezer Schoggi und Basler Läckerli".

Im Herbst hatten die Bauern Zeit. Franz Josef begann die zweite Bereisung entlang der Bäche und der Flußläufe, wo die Namen Eschbach und Bächle recht häufig waren. Es handelte sich nicht nur um die Brandversicherungen, sondern um Überschwemmungsgebiete bei den Mühlen und Nasswiesen. Dazu bedurfte es neuer Berechnungen.

Das Basler Direktorium hatte ihn ermächtigt, elementare Schäden in die neuen Prämien einzurechnen. Es betraf die Quellgebiete an der oberen Murg. Er verhandelte mit der Hetzlenmühle, der Frohnmühle, der Schlachter-Säge und der Schlag-Säge. Besonders umfangreich gestalteten sich die Berechnungen bei den Anliegern der "Wühren".

Zwischen dem Albtal und dem Murgtal

In den letzten sonnigen Oktobertagen des Jahres 1920 beendeten Anna und Franz Josef die "Wälder- Akquise". Die "Hüüser-Abmessig sowie die Kadaschter-Vermessig" waren erledigt, und die Versicherungswerte festgestellt. Für Anna und Franz Josef war es ein gutes Geschäftsjahr.

Von den abschüssigen Höllbach-Wasserfällen fuhren sie mit ihrer Kutsche aus den Quellfluren steiler Bergbäche vorbei am plätschernden Eschenbächle, am Schildbach und am Rohrbach, die der Alb und dem Rhein zuflossen. Im kalten Nachtfrost begann sich das Laub zu verfärben. Die ersten gelben und roten Blätter kündeten das Ende des Jahres an, das nach der kriegsbedingten Entbehrung der Revisor-Familie wieder Zuversicht vermitteln konnte.

Die saubere Luft gewährte den klaren Ausblick über die Juraberge zu den Schweizer Alpen. Im Tal zog der Nebel. "Lueg emol übere", rief Franz Josef begeistert. Man sah vom Säntis in die Nordostalpen über die Tödi-Gruppe in die Westalpen bis zu wolkigen Schemen des Montblanc.

Auf den Berghöhen im Hinteren Hotzenwald stellte sich die winterliche Ruhe ein. Der harte Winter erzwang den Rückzug in die beheizte Hotzen-Stube, wo man sich alte Geschichten über die "Salpeterer und Ägidler verzellte". Das schrille Kriegsgetöse und Gezänk der neuen Republik hatten den Widerspruch der Wälder noch nie verändert. Der eigensinnige Freiheitsdrang feierte weiter Urstände.

Anna ging das Herz auf, als Franz Josef den Arm um ihre
Schulter legte. Er fragte sie: "Bisch jetz z'friede mit mir"?
Denn er wußte genau, wie wichtig ihr das Schulgeld war.
Sie verspürte tiefste, innigste Glücksgefühle, daß sich ihr
Mann "biem akquiriere die ganzi Zit in's Züg g'legt het".
Darüber hinaus fühlte sie eine innerliche Ruhe und eine
geerdete, bodenständige Kraft, wie sie nur einer echten
Wälderin in der Hotzenwälder Heimat zufließen konnte.
Sie spürte ihren Heimatboden und atmete ursprüngliche
Gerüche von Land und Leuten ihrer Wälderherkunft ein.

Die Kutsche rumpelte über den ausgekarrten Hauptweg
nach Segeten. Anna sagte vorausschauend "am Gasthof
Kranz mü'mer uf Hogschür abbiege". Sie nahm die Zügel
fest in die Hand, als sie auf der Wasserscheide zwischen
dem Murgtal und Schildbach zum Dorf Hogschür kamen.
Die Dörfer Segeten und Hogschür stritten Jahrhunderte
um die Ehre, wer der best verleumdetste Hotzenort sei.
Der Reim lautete: "Hogschür un Sägete, s'git e Trägete",
was auf eine gemeinsame, träge Traglast gewiesen hat.

So fuhren sie auf der alten Römerstraße zum Gasthaus
"Drei Könige", die nach dem Lügenleumund Hogschürs
die einzigen drei wahrheitsliebenden Einwohner seien.
Nach Scheffels Epistel wies die Benamung "Dürrer Ast"
am verdorrten Apfelbaum auf Enttäuschung und Elend.
Die Nachbardörfer behaupteten noch immer, daß trotz
zweier Kapellen im Dorf nur die Lumperei zuhause sei.

Dem Revisoren Paar kam ein Pelzkappen Waldschrat
entgegen und krächzte aus seiner verbräntzten Kehle:

"Lueg'sch ob's brennt? Do obe wird ei'm nüt gschenckt".
Nur Wind und Wetter kämen kostenlos vom Totenbühl.
Das „Schrätteli" spuckte im hohen Bogen "e Sprutz us'm
Muul" und fluchte unflätig: "Gopferdori, alles B'schiß".
Die Nachbarn, "s'Lenze, hen doch e Versicherig kchauft.
Aber keiner het zahlt, wo de Hotzeblitz ine g'haue het".
Er plärrte wie ein Irrer und zündete die Streichhölzer an.
Frech rief er dem Revisor zu: „S'brennt nit um'sunscht".

In Hogschür prozessierte man gern durch die Instanzen.
Wie einst Peter Gottstein mit Kuhhändel und Roßtausch.
Denn "s'mues usprobiert si, wie's am Dürren Ast heißt".
Kernige Sätze tönten durch den Ort: "G'soffe mues sie!
Das "Hohenastheimer suffe" trieb dem "Schürebürzler"
den Holzgeist in den harten Grind. "Bisch halt e Döchel."

Trotzdem war das Dörflein Hogschür an der Wetterseite
des steilen und steinigen Berghangs über dem Murgtal
ein liebenswerter Ort. Die Sonne schien den ganzen Tag.
Doch viele Hogschürer verließen ihre verarmte Heimat.
"Schiß in Sack un suug am Zipfel" war ein alter Spruch.

So zog 1851 Ferdinand Hirz aus seinem Hogschürer Hof ,
„s'Lenzehuus" genannt, nach Amerika in die neue Welt.
Wilhelm Gottstein, Johann Matt und Frieder Strittmatter
folgten um 1881 nach Wisconsin. Ihre Höfe brannten ab.

Franz Josef stellte mit prüfendem Blick fest, daß es wohl
kaum versicherungsfähige Bausubstanz in Hogschür gab,
was "s'Richarde Schriener Zumkeller" bestätigen konnte.

Der alte Schreiner zeigte über das Murgtal hinüber zum Altenschwander Totenbühl. Bei den knorrigen Altbuchen treffe sich lichtscheues Gesindel, um Beute zu tauschen. Dabei betonte der Schreiner den Ort Totenbühl auffällig, als ob er dadurch die eigene Ortschaft entlasten könnte. Der Handwerker empfahl ans Hoheneck herauszufahren: Denn dort läge ihnen die schönste Alpensicht vor Augen. Der Revisor verzichtete auf den Ausblick am Hoheneck. Dort gab es keine Bauernhöfe oder Häuser zu versichern.

Dann begutachtete Franz Josef weitere alte Strohdächer: Das zum Schildbach führende Haus "vo s'Harde Guschti" oder die zur Murg gelegenen Höfe "vo s'Gallis, s'Seppe, s'Gnieses un vo s'Stuehleifers" könnte er gut versichern.

Ungeeignet schien ihm das "Sachsehüsli", durch dessen Strohdach in der Nacht die Sterne leuchteten. Es stand beim "Dürren Ast" bei der Kapelle im oberen Hogschür.

Anna wollte abschließend an der Hetzlemühle beten, um beim Wegkreuz des verunglückten Lehrers zu gedenken. Dann fuhren sie zur Lochmatt-Kapelle, wo Johann Peter Hebel einst im Gasthaus zur Tanne "sieni Forelle g'esse, un bie'm Vierteli s'Vreneli im e chleine Huus" ersonnen und im Gedicht *Ein Schwarzwälder im Breisgau* im Reim verewigt hatte. "Mine Auge gfallt Herrischried im Wald", wo ni gang se denki dra, s'chunnt mer nit uf d'Gegnig a".

Am nächsten Morgen brachen Franz Josef und Anna auf. Sie stapften "de Wälder abe". Nach der üblichen Einkehr bei Berta in Wehr reisten sie mit dem Zug nach Lörrach.

Mit Musik und Tanz in Basel

Franz Josef ging wieder zu seinem Warteck-Stammtisch.
Dort wurden alle aktuellen Nachkriegsthemen diskutiert:
Die Einweihung des neuen Flugplatzes im Gewann Grütt.
Dieser Lufttransport der Post von Lörrach über Karlsruhe
nach Frankfurt war einer der Höhepunkte im Flugwesen:
Mit Passagierflügen und mit dem Aufbau einer Flughalle.
Büches Buben wollten den Doppeldecker starten sehen.
Andere einen Freiflug mit einem Jagdflugzeug gewinnen.
Doch die Siegermächte verboten die Postflüge im Januar
1921 als Konsequenz des sehr harten Versailler Vertrags.

Anna nahm im Winter erneut ihre Heim-Näharbeiten an.
Dabei erkundigte sie sich genau bei der Meistersfrau, ob
ihre Tocher Nani "no eng mit'm Sattlerlehrling umgoht",
wie sie es vorsichtig ausdrückte, um keine schlafenden
Hunde zu wecken. Frau Sütterlin antwortete sehr offen:
"Euer Maidli passt guet zum Fritz. Denn der Lehrling mit
dem schwarzen Lockenkopf sei "e pfundige Bursch", was
in diesen "Z'underobsi-Zite" nicht selbstverständlich sei.
"Frog doch emol d'Frau Hoffmann bi euch im Huus. Dört
kriegt er ab un zu Mehlsuppe, wenn er zum Nani goht".

Dann "het sie a'gfange z'schwaudere": "Immer, wenn's
Nani zum Klavierspiele in Betsaal vo dene Adventischte
übere goht, sitzt er muksmüslistill debie und het Freud.
De Fritz folgt im Nani wie e Schatte siem eigene Körper".
Als Mutter brauche sich Anna keine Sorgen zu machen.
Denn "au d'Hoffmänni het g'sait, daß no nüt gange isch".
Damit konnte Frau Sütterlin Anna fast wieder beruhigen.

Zeitgleich mit der Lörracher Flugplatzeröffnung feierte „s'Richarde Annas Nani" den neunzehnten Geburtstag. Die Eltern schenkten ihrem „Maidli" die Zusage, daß sie den Klavierunterricht wie zuvor bei einer Basler Pianistin der Glai-Basler Musikschule ab Januar fortsetzen könne. Ob es zum Konservatorium führe, "würd me spöter seh".

Nani gab ihrem Vater „e freudigs Schmützli" und fragte „ihre Babbe", ob sie den Gottesdienst bei der Advents-Gemeinde künftig mit dem Harmonium begleiten dürfe. Sie würde von den Adventisten als Organistin angefragt. Franz Josef griff verlegen in die Rocktasche, entnahm ihr "drei Wybertli" und lutschte die Tumringer Halspastillen, um seiner Anna genügend Zeit für die Antwort zu lassen. "D'Mamme" stimmte schließlich "nit grad begeistert" zu, da ihr "s'Orgele" in der katholischen Kirche lieber wäre.

Das Geburtstagsgeschenk Klavierunterricht war für Nani fast eine Erlösung, ihr geliebtes Basel wieder zu erleben. Das "Schulermaidli" Nani war bis zur Ausweisung im Jahr 1917 in Basel aufgewachsen und in die Sekundarschule gegangen. Sie empfand Glücksgefühle, wenn sie "us'm Exil", wie sie maulte, nach Glai-Basel "heimg'fahre isch". Dann ratterte das hellgrüne "Trämli" mit dunkelgrünem Seitenblech und hellgelben Streifen in mäßiger Fahrt "uf Basel". Das Basilisk Wappen leuchtete auf grünem Blech. Bei der Fahrt durch Riehen nahm Nani "d'Basler Dialekt" wie "e Glaibasler Gügsi" an. "S'Trämli" rumpelte langsam am Sarasinpark und am Wenkenhof uf'd Bäumlihofstroß, um nach etwa zwanzig Minuten nach der Haltestelle am Badischen Bahnhof mitten im Basler Herz anzukommen.

Nani stieg meistens am Claraplatz aus und ging zu Fuß in Richtung des verruchten Glai-Basler Vergnügungsviertels zwischen der "Rhygaß, der Webergaß und der Rebgaß". Sie mußte zum "Volkshuus übere laufe", wo man auch täglich "Liedli ane g'rapst und Klaviertön ane klöpft het".

"Uf de Gaß het e alde Siech si Hure-Seich ane pfäfferet". Mit „ere Schnuure wie'ne vertrampts Muenze-Fuffzgerli, un e're Glämmerlisack-Postur het er im'e blöde Pfluderi pfundwies Ranzeschnitte a'droht. Hösch du Digge, mach mer keini Lämpe! Er het sich uff'baut un nach de nächste Waggeldante g'luegt. Un het e suberi Wälle rysse welle. No schpöter im Gläpperligäßli e Drotwaaramsle ufrysse".

Nani schritt unbeirrt auf dem Trottoir weiter, denn sie kannte die "Glai-Basler Rhyhafeschproch" vom Schulhof. Einige hämische Glossen sprossen bis zur "Glai-Hüniger" "Schwobeland" Grenze oder bis an "Sante Hanse Hafe". Mit dem baseltypischen Eröffnungssatz eines Palavers "Hösch du" öffnete man die milieubezogene „Schnure". Manchmal endete es mit dem Refrain des "Bruggelieds":

„Ja das ist die Garde, die das Basler Trottoir ziert, ja das ist die Garde, die das Trottoir ziert und verschmiert"!

Und als e Dilldapp s'Nani mit "Hösch du glai Schnäggli", übers "Trottoir a'pfluderet het, bänglet nomol e Gnulleri vor'em Clara-Variete e Hösch-du-Versli an de Siech ane: Hösch! Bisch balari? Wie cha me sone Hafekäs verzapfe? Loß das Schwöbli sie, sunsch kaasch s'Hörnli eifach löse". Damit meinte er das Billett zum Basler Hörnli-Friedhof.

Nani hatte bei Frau Gertrud Burckhardt, einer Künstlerin
der Basler Kulturwelt, schon bis 1917 Unterricht gehabt.
Ihr Atelier lag nicht weit vom Volkshaus in der Rebgasse,
wo sie auf einem Bechstein Salon-Flügel konzertiert hat.
Dort gab sie speziellen Klavierunterricht für Talentierte.

Sie eröffnete Nanis erste Lektion mit der harten Ansage:
"Maidli, dir fehle drei Johr! Do zeige sich au Lässigkeite".
Dann empfahl sie Nani "am Dag e Stund" Czerny Etüden.
Das Harmonium, "selli verstimmti Heuchlerkommode",
sei "verkehrt", wenn sie zum Vorspiel ans "Konsi" wolle.
Das Basler Konservatorium in der Basler Leonhardstraße
leitetet Frau Marguerite Alioth, die Nanis "Mamme" in
der Zeit als Mamsell bei Familie Alioth vergöttert hatte.
Sie war eine sehr bekannte Pianistin und Komponistin,
die für "s'Frauerecht und fürs Maidli Lyceum" kämpfte.

Nani hatte diese Strebsamkeit von ihrer Mutter geerbt.
Als sie ihren Eltern von der strengen Etüden-Pflicht der
Frau Burckhardt und ihrem dreijährigen Leistungsabfall
berichtete, kommentierte ihre "Mamme" die Situation:
"Franz Josef, mir muen glie e Klavier für's Nani uftriebe:
De Zaschter wird'me vo de Versicherig heusche könne".
Das bedeutete im Klartext: Das Akquirieren ging weiter.

Die Hotzenwälder Anna hatte das Mühlespiel vor Augen.
Die weißen Steine waren nun zu weißen Klaviertasten
geworden. Es war für Anna selbstverständlich, daß ihre
Tochter zumindest die Chance bekommen sollte, auf den
weißen und schwarzen Tasten am "Konsi" vorzuspielen.

Das "baselbürtig Maidli Nani" hatte in Basel nicht nur die heimatliche Empfindung ihrer Mundart wiedergefunden. Sie fand auch ihre frühere Sekundarschul Freundin Olga, die nun in Glai-Basel in einem Porzellanladen arbeitete. Nani besuchte sie häufig nach ihrem Klavierunterricht. Auch Olgas Familie wurden im Kriegsjahr 1917 aus Glai-Basel "usekeit". Ihre Eltern waren Elsässer "Waggis oder Schampedysi", die nahe der Grenze in "Sä-Lui" wohnten. Olga fuhr jeden Tag "mit'eme Trämli uf Glai-Basel iene".

Die jungen Frauen spazierten im lauschigen Frühjahr bis zum nebelverhangenen Herbst oft an der Uferpromende zwischen der Wettsteinbrücke und der Mittleren Brücke. Nani wollte der Freundin Olga alles über ihren "Schatz", den Sattlergsellen Fritz „verzelle. E Markgräfler Bursch. Überhaupt kei Schnöri. Sufer g'wachse mit dunkle Hoor. Un er schwätzt au so lieb, daß eim s'Blut in Kopf schießt. Er sait ganz lies: I bie e arme Kerli, sell isch wohr. Er het kei Mueder me. De Vadder het e anderi Frau g'hürote".

Nani schwärmte: "Er het wie e Räbbuur e Räbmesser im Sack" und pries die Handwerkskünste des Gesellen Fritz. Mit Leder und Stoffen könne er Wunderwerke bewirken. Lederkoffer, Gürtel, Zaumzeug oder Lederschuhe mußte er genauso fertigen wie ein Sofa oder Stühle bespannen. Sie wolle ihm gern ihre Heimat Basel zeigen: "Eimol vom Münsterplatz über Glai-Basel bis an'd Schlipf Rebe luege. Un mit'm Fähri-Maa un mit'm Fritz über de Rhy fahre".

Auch Olga hatte einen "Schatz", der sie gern in ein Kino eingeladen hat. Das Küchlin-Variete, das vom Lörracher

Künstler Karl Küchlin schon zehn Jahre betrieben wurde,
zeigte Artisten, Clowns, Filmvorführungen und Variete.
Olga befasste sich mit dem Gedanken, einen Bubi-Kopf
schneiden zu lassen. Sie trug oft die modernsten Hüte.
Sie liebte die Artisten und beschwatzte Nani, Fritz zum
Spektakel mitzubringen. Ein verlockendes Amüsement.

Olgas Freund war ein Abenteurer, der aus dem Jura kam.
Dort war er früher Artilleriesoldat auf dem Hochplateau
der Jura-Freiberge gewesen, wo man im Nationalgestüt
die edle Freiberger Pferderasse für das Militär züchtete.
Er floh vor zehn Jahren nach Amerika, da er sein Gestüt
beim Pferdehandel betrogen hatte. In den Reservaten
der Indianer hatte Fred ein kleines Vermögen mit Pelz-,
Waffen- und Roßtausch verdient. Fred hauste mit Olga
„z'Sä-Luis, wil'r öbbis bosget un uf'm Kerbholz gha het".
Er besaß ein Gemälde des Sioux Häuptlings Sitting-Bull.

In den grenznahen Ortschaften St. Ludwig und Blotzheim
kaufte er nach seiner Rückkehr aus dem *Wilden Westen*
mit Olgas Vermittlung zahlreiche Äcker und Weiden auf.
Er wollte eine eigene Freiberger Pferdezucht aufziehen.

Das hielt ihn jedoch nicht davon ab, die Puppen tanzen
zu lassen. Er kam mit Olga fast jeden Abend in die Basler
"Beize". Beide wollten die halbe Nacht zum Tag machen.
Nani und Fritz trafen sich am Sonntag gern im Volkshaus.
Nachdem Nani am Flügel im kleinen Saal ihre Stücke „nit
numme ane grapst het", kehrten sie mit Fred und Olga in
der Brasserie ein. Unter den Kronleuchtern der früheren
Basler Burgvogtei tanzten sie wie "d' Lumpe am Stecke".

Die Wirtschaftskrise nach dem Weltkrieg

Anna geriet ins Grübeln, als im Frühjahr 1922 Anzeichen
einer Krise für die Zukunft ihrer Familie deutlich wurden.
Franz Josef erzählte über den Hintergrund der Weltkrise,
zumal im Warteck die „Kriegsfolgen verhächlet" wurden:

Stalin war Generalsekretär der sowjetrussischen Partei.
Adolf Hitler stiftete ständig Aufruhr mit seiner NSDAP.
Trotz deren Macht mußte er vier Wochen ins Gefängnis.
Außenminister Rathenau verhandelte den Völkerrechts-
Vertrag von Rapallo, der die deutsche und die russische
Isolation beenden sollte. Rapallo sollte Druck und Zwang
britischer und amerikanischer Sieger-Ölmächte brechen.

Der sozialdemokratische Reichspräsident Friedrich Ebert
war weder mit Rapallo noch mit der geheimen Luftwaffe
oder den Panzerübungsorten bei Moskau einverstanden.
Dadurch würde der verhasste Versailler Vertrag verletzt.
Der Zentrumspolitiker und Finanzminister Erzberger war
bereits in Nordbaden von Freischärlern getötet worden.
Rathenau wurde von den Nationalsozialisten ermordet.

Das Deutsche Reich stand bei den Siegermächten in der
Kreide. Auch bei allen Investoren, weil die gezeichneten,
hohen Kriegsanleihen des deutschen Bürgertums in den
großen Kriegsschulden des Weltkriegs zerronnen waren.
Das besiegte Deutsche Reich kam im Versailler Vertrag
unter beinharte Finanzzwänge. Deutschland meuterte.
In Südbaden und in den Grenzstädten zu Frankreich und
zur Schweiz häuften sich die wirtschaftlichen Probleme.

Der finanzielle Ruin begann in Lörrach ab August 1922.

Franz Josef und Anna hatten nach dem Heuet 1922 das Akquirieren für die Feuerversicherung beenden müssen. Die Basler "hen kei Fiduz me g'ha, Hueser z'versichere". Dadurch mangelte es an Schulgeld für die beiden Buben. Ebenso fehlte Nani das Klaviergeld für Frau Burckhardt. Anna wähnte die planmäßig gesetzten weißen Steine für ihre Kinder "grad so vor'em Gumpe", da deren Spielzüge stockten und flüsterte leise: "Unser Spiel isch verlore".

Es dauerte nicht lang, bis ihre Ahnung zugetroffen hatte: Nani und ihr Bruder Fritz verloren im Oktober ihre Arbeit bei der Dedi-Bank. Otto wurde von der Firma Koechlin-Baumgartner aus der Kaufmanns-Lehre "g'schasst" und auf bessere Zeiten vertröstet. Für die jungen Buben blieb nur die Hebelschule. Trotz guter Beurteilung des Rektors waren Annas Spielzüge für das Gymnasium gescheitert.

Franz Josef versuchte Anna zu trösten und wiederholte des Lehrers Ratschläge: "Zeig unse Buebe, daß sie au mit schwarze Mühlischtei rechti Spielzüg anebringe chönne". Franz Josef ermunterte Anna zu ihren schwarzen Steinen und sagte "du hesch mir g'sait", daß jeder gute Spielzüge „anebringt, wenn er's numme will un Grips im Grind het! Mir mün nit gumpe. Du muesch nur alles guet überlege".

Anna antwortete mit Hebels Gedicht *"Der Wegweiser"*:
Un wenn de amme Chrüzweg stohsch, un nümme weisch wo's ane goht, halt still un frog di Gwisse zerst, s'cha Dütsch gottlob un folg sim Rot!

Auch Nanis "Fritz-Schatz" verlor im Sommer 1923 seine
Arbeit bei der Sattlerei Sütterlin und mußte umsatteln.
Fritz fand bald eine Stelle in der Zifferblatt Werkstatt
Paul Schätzle in Weil. Direkt an der Grenze nach Riehen.
Er arbeitete an der Stanzmaschine für Uhrzeiger und für
Ziffern, die man auf das gedruckte Zifferblatt montierte.

Die Geschwister vom Fritz-Schatz hatten die Volksschule
in Weil besucht. Dann gingen sie zur Fortbildungsschule
und lernten das Kochen, Nähen und Gesundheitspflege.
Die „Maidli" waren in vielen Schweizer Familien gefragt:
Emilie fand bei einem Apotheker im Züricher Oberland
als "Chinder-Maidli" Arbeit. Frieda als Basler "Mamsell".
Rösli, deren jüngste Schwester, kam 1923 ebenfalls auf
die Weiler Fortbildungsschule, wie es Familiensitte war.
Der jüngere Bruder Karl lernte nach der Volksschule den
Beruf Hufschmied. Er bekam anschließend Arbeit in der
Dorfschmiede in Riehen. Diese körperlich anstrengende
Tätigkeit als Schmied war für ihn bestens geeignet, seine
überschießenden Kräfte und "sie saudummi Schnure" in
den Griff zu bekommen. Man wußte: "Er het e Egge ab".

Auch der Vater Jobi Mehlin hatte nach dem 1. Weltkrieg
"kei Bei uf de Bode brocht". Dieser "Räbbuur" fand nach
dem Weltkrieg keine Arbeit mehr als Wagen Anspanner.
Sein Ochsen-Vorspann im "Wiler Schlipf" war überholt,
da man lieber motorisierte Zugfahrzeuge beauftragt hat.
Die Gemeinde Riehen hatte die frühere Weide gesperrt.
Der Jobi mußte "s'Friedlinger Mattfeld" an die Schweizer
Seidenweberei Schwarzenbach verkaufen. Die Inflation
entwerte Jobis Erlös: „Hätt'sch sakrament Franke g'no"!

Ganz Deutschland geriet in eine traumatische Inflation.
Es fehlte der Gegenwert für die gedruckten Geldscheine.
Die Fahrkartenpreise der Bahnstrecke verdoppelten sich.
Daher war der Hotzenwälder Kartoffeltransportpreis mit
dem Zug nach Lörrach fast unbezahlbar teuer geworden.
Die Buben trugen die Lebensmittel mit ihren Rucksäcken
und schoben sie „uf'm Schürgi-Wägeli" bis nach Lörrach.

Nicht nur die Fahrkarten hatten „saumäßig uf'g'schlage".
Mitte August kostete ein Brot vierhunderttausend Mark.
Ende August bezahlte man für Lebensmittel Milliarden.
Das "Trämli" vom Bahnhof an die Riehener Staatsgrenze
verlangte für die Einzelfahrt dreihundert Millionen Mark.
Der Konsumverein erhielt im September zur Beschaffung
von Kartoffeln einen Vorschuß über zehn Billionen Mark.
Die Stadt Lörrach druckte ihr eigenes Geld. Es bestanden
laute Forderungen, die Lohngelder in Schweizer Franken
auszahlen zu lassen. Franz Josef hatte großes Glück, daß
seine Rente in harter Schweizer Währung bezahlt wurde.

In Lörrach kam es im September zu heftigeren Unruhen.
An der Wallbrunnstraße und anderen Kreuzungen in der
Stadt wurden Barrikaden aufgebaut. Die Hilfspolizei war
bei den bewaffneten Aufständen radikaler Revoluzzer in
der Stadt überfordert. Die Bürger litten großen Hunger.
Anna sagte zu ihrem Mann: "Du chasch nümme übere
ins Warteck goh". So verlor er seine Informationsquelle.
Nani bekam von ihrer Freundin Olga eine Briefeinladung
zur Hochzeit mit ihrem Verlobten Fred. „Si Gerschtli war
z'Blotze" in Ländereien zur „Freiberger Zucht" investiert.
Er war zum finanziellen Profiteur der Inflation geworden.

Das Waldsanatorium

Die Einführung der Reichsmark in den zwanziger Jahren
brachte den Aufschwung. Unter amerikanischem Druck
beschlossen die Siegermächte, Reparationen möglichst
an die geminderte Wirtschaftskraft im Reich anzupassen.
Die grenznahen Firmen bekamen neue Arbeitsaufträge.
Franz Josef leistete sich einen "Stresemann-Anzug" und
schätzte die Politik des gleichnamigen Außenministers.
Denn die Wirtschaft in Lörrach florierte endlich wieder.
Man sah die munteren Menschen auf dem Marktplatz,
wo "öbbis gange isch. So wie uf de Stroß' un im Trämli".

Fritz hatte bei der Zifferblatt Firma Schätzle gute Arbeit
und freute sich über den Lohn, den er für die Hochzeit
mit seiner Braut Nani auf sein Sparkonto tragen konnte.
Sie wollten im Weiler Bläsiring eine Wohnung beziehen
und eine eigene Familie gründen. Dann könnte Fritz sich
eher um den Weinberg kümmern: "D' Wiler Schlipf-Räbe
mit'm Räbmesser schniede un die riefe Trübli herbschte;
un die volle Büggi trage; un d'Gutedel Trüblisaft trotte".

Das junge Paar traf sich an Sonntagen gern mit Olga und
Fred auf dem Tüllinger Lindenplatz. Sie liebten den Blick
zum Basler Rheinknie, zum Jura und weit heim ins Elsaß.
Nani kam oft in Begleitung ihrer Brüder von Lörrach "uf
Ober-Düllige" herauf. Fritz stapfte „biem Räbhuus uffe".
Am Lindenplatz sangen sie vom "Schnäggehüsli", vom
"Hans im Schnoogeloch" oder "s Elsässer Kehrüs-Liedli".
Die Markgräfler Mädchen trugen ihre "Hörnerkappen",
die sie im Walzertanz unter den Lindenblüten drehten.

An einem Septembersonntag fehlte Fritz beim Treffen.
Nani wurde nervös, da der Schatz sonst pünktlich war.
Sie bat Fred, "mit'm Motorrädli de Hundsrucker uf Wil
abe z'fahre" und sagte: "Hoffentlich isch'm nüt passiert".

Als Fred in der Hauptstraße "biem Mehlin Jobi" einfuhr,
erschien seine "jüngschdi Dochter in de Sundigstracht".
Sie "het ganz grusig g'hüült und g'sait d'Fritz isch krank".
Dann sprudelten ihre Sätze: "De Dogder isch scho do gsi.
De Fritz het d'Motte. Wie üsni Mueder vor nuen Johre".
Fred sprach kurz mit Fritz, der mit Auswurf hustete und
röchelnd bat, „uf Davos oder uf Bläsi" verlegt zu werden.
Fred versprach, daß er sich gleich dafür einsetzen werde.
Um die Finanzierung seiner Lungenkur brauche sich Fritz
nicht sorgen. Fred habe fünf Freiberger Fohlen verkauft:
Die Summe werde er Fritz leihen. "S'längt für e Rüngli".
Dann schwang er sich auf sein Motorrad und fuhr mit
"Karacho uf Ober-Düllige, um de andere B'scheid z'ge".

Die Familie Büche saß "vergelschtert" am Tisch, als Nani
"wie e Hüfli Elend verdatteret vo de Motte verzellt het".
Franz Josef hatte Sorgenfalten auf der Stirn, denn er sah,
daß die Hochzeit seiner Tochter "de Bach ab schwimmt".

Die „Hotzenwälder Anna" erkannte den Schicksalsschlag
und begann sofort, die Lungenkur wie einen Spielzug zu
planen, da sie die Weiler Familie Mehlin überfordert sah.
Sie bat ihren Mann, ein Telegramm ins Sanatorium nach
St. Blasien zu senden: Lungenkuraufenthalt Fritz Mehlin.
Dann eine Depesche an das Hotel Hirschen: Baurevisor
Büche und Gattin treffen übermorgen in St. Blasien ein.

Die Fahrt mit dem Postauto durch das zerklüftete Albtal von Albbruck nach St. Blasien wäre ein Genuß gewesen, wenn der schwindsüchtige Fritz nicht so gehustet hätte. Seine Wangen und die Augenhöhlen wirkten eingefallen. Anna hatte für Fritz Hemden, eine Stresemann Hose und eine passende Weste gekauft. Ihr war bewußt, daß man Patienten „z'Bläsi" nach Prominenz und Herkunft sowie nach deren Zahlungsfähigkeit sortierte und behandelte. Der Patient trug eine silberne Taschenuhr in der Weste. Franz Josef und Anna reisten in moderner Stadtkleidung, denn *Kleider machen Leute wie Gottfried Keller* erzählte.

Das Postauto befuhr die enge Schlucht des Albtals und hupte laut vor jedem Felstunnel. Hinter Hohenfels und Tiefenstein wuchsen krüppelige Eichen auf den Felsen. Nahe der Tiefensteiner Albtalbrücke lag einst die Iburg. Die mittelalterliche Burg der "nobili viri de Tiufenstein". Ihre Hammerwerke förderten wertvolle Erze im Albtal.

"Scho d'Großherzog un au si Luis sin wege de guete Luft ins Albtal g'fahre", sagte Anna. Nun käme „Immeneich". Dort zwang man vor zweihundert Jahre die Hotzen, dem Abt zu huldigen oder persönliche Urfehde zu schwören. Wer sich weigerte, mußte fliehen oder wurde verbannt. Anna erzählte, daß die Hotzen einst am Georgitag beim Schachener Bühl ihren Einungsmeister wählen durften.

Die grünen Tannenwälder filterten im Kurbad St. Blasien den Staub beständig aus der sonnenbestrahlten Luft und spendeten aktives Ozon für das blasianische Sanatorium. Fritz zog den gesunden Sauerstoff mühsam in die Lunge.

Der Empfang im Hotel Hirschen ereignete sich genauso, wie sich Anna ihren Auftritt beim Hotelier Dossenbach gewünscht hatte: "Grüß Gott Herr und Frau Baurevisor". Der Hausknecht übernahm das Gepäck und brachte Fritz mit dem hoteleigenen Kraftwagen direkt ins Sanatorium. Franz Josef und Anna bat man im Nebenhaus zum Fünf-Uhr-Tee, der im eleganten Wiener Cafe serviert wurde. Die Wirtin wolle den Aufenthalt mit dem Herrn Revisor besprechen. Das Haus habe über sechzig Zimmer, eine hauseigene Veranda und ein Automobil für Ausfahrten. Man sah, daß der Kurort "Zite mit Russe un Inkognitos" erlebt hatte: Prominente wie der Großherzog Friedrich, Großadmiral von Tirpitz und Schriftsteller Maxim Gorki.

Dabei war Anna nur auf eine besondere Antwort erpicht. "Frau Wirtin! Goht's ihre Cousine guet? De Mettlerfrau". Anna wollte der Dossenbach „d'Würm us de Nase zieh". Denn die alte Martha Mettler hatte zwanzig Jahre zuvor entschieden, daß Franz Mettler die begüterte Hirschen-Tochter ehelichte, und das "lüpfige Lumbedier, d'Anna" weichen mußte. Die Mettlerin hatte ihr Glück zerstört.

Frau Dossenbach antwortete frank und frei, da sie Anna nicht als ehemalige Buhlschaft erkannte und plauderte: "Die Mettlerin habe ziemlich viel Kriegsanleihen gekauft. Das Geld sei verloren. Der Mettlerhof habe nur Schulden und der bankrotte Franz Mettler müsse jetzt verkaufen. Jedenfalls bekomme er "vom Hirschen kei Pfennig me".

Anna atmete heftig und errötete deutlich. Das einstige „Maidli" hatte Mitgefühl mit Franz Mettlers Menetekel.

Am folgenden Tag wurde für Herrn Baurevisor Büche ein
Bulletin aus dem Sanatorium in den Hirschen gebracht,
das Dr. Adolf Bacmeister persönlich unterzeichnet hatte:
Man möge zur Planung der Heilbehandlung vorsprechen.

Die Hirschen Wirtin meldete Franz Josef und Anna zum
Arztgespräch für den nächsten Mittag im Sanatorium an.
Anna wollte eine Klinikbesichtigung mit dem Lungenarzt.
Je nach Krankheitsbild sei nicht nur eine stationäre Kur,
sondern auch die teilstationäre Unterbringung denkbar.
Dann wohnten die Patienten in Privatquartieren oder im
Hotel und wurden im Auto in das Sanatorium gefahren.

Der Oberarzt führte die Büches durch die Lungenklinik.
Sie gingen durch den Mittelbau und in die Abteilung im
modernen ärztlichen Westbau. Dann sahen sie Fritz in
der Liegehalle hinter Glasfenstern und winkten ihm zu.
Der Weißkittel erklärte, daß man bei Fritz Mehlin keinen
galoppierenden Krankheitsverlauf erwarte, sondern auf
die körpereigene Selbstheilung der Lungenflügel setze,
was man an den Lungenturberkeln im Röntgenbild sehe.
Trotzdem müsse man ein halbes Jahr zur Kur empfehlen.

Anna erkundigte sich, ob man Fritz gegen Tuberkulose
mit Tuberkulin impfe, wie man es neuerdings versuche.
Der Assistenzarzt verneinte. Sie operierten in schweren
Fällen den Pneumothorax. Aber auch Adolf Bacmeisters
Vorgänger, Professor Sander, habe in enger Abstimmung
mit den Lungenfachärzten in Davos eine prophylaktische
Behandlung entwickelt, die den Patienten auf dem Weg
der klimatologischen Selbstheilung gute Chancen böte.

Nach der Besichtigung der Klinik wurde das Revisor-Paar ins Büro geführt. Man erklärte unterschiedliche Formen der ärztlichen Behandlungsweise und klinischer Kosten. Das Haus empfahl, daß Fritz oft Straßburger Gänseleber, Fasanenbrust oder „au Nachtigale Züngli" speisen sollte.

Franz Josef traf die teure Entscheidung, daß Fritz bis zum Jahresende stationär im Sanatorium betreut werden soll. Das Glück seiner Tochter dürfe nicht am Geld scheitern: Ständig Temperatur messen, Fieberschübe eingrenzen, mehrstündige Liegekuren an der Sonne, Spaziergänge im Wald, abhärtende Maßnahmen und spezielle Kost waren vorgesehen, um "d'wiessi Pest un d'Motte" abzuwehren. Nach dem folgenden Arzt-Bulletin werde man es sehen.

In Lörrach plagten Nani große Bedenken und Besorgnis. Größer als das fünfundachtzig Meter hohe "KBC-Chämi". Sie arbeitete bei Koechlin, Baumgartner & Cie., der KBC, und trug zur Begleichung der Sanatoriums Rechnung bei. Man erfuhr noch nicht, wie es Fritz ging. Niemand durfte ihn besuchen, bis die Entzündungen abgeklungen waren. Die Braut bangte um ihre Hochzeit und Familienbildung. Fritz und Nanis Vermögen schwand rasend schnell dahin.

Nani hatte ihre Basler Klavierträume lange ausgeträumt. Sie spielte aber in den Gottesdiensten der Adventskirche das Harmonium und fand stete Hoffnung aufs Heil in der christlichen Offenbarung der freikirchlichen Adventisten. Die Adventsgemeinde Lörrach gab Nani neue Hoffnung, daß Fritz gesund, geheilt ankomme. Abends spielte Nani gern Choräle von Paul Gerhardt: Befiehl du deine Wege!

Trugbilder im Februar

Franz Josef hatte mit Anna vereinbart, ihre zwei runden
Geburtstage mit einem zünftigen Familienfest zu feiern.
Annas fünfzigster Geburtstag sollte im üblichen Rahmen
Anfang Februar kleiner gehalten werden. „De Achtziger"
von Franz Josef im September sollte als großes Fest beim
"Türkenlouis-Denkmal" am Lindenplatz gefeiert werden.

Die Kinder bereiteten Mutters Geburtstag im Februar für
die Gratulationsgäste liebevoll vor: "Mit Schungeweckli,
Mailänder- un Linzertorte, Cafi un Markgräfler Gutedel".
Jobi brachte "e großi Guttere Wii" als Geschenk vorbei.
"Wie'ne grüselige Gnuferi grumpelte er: Hösch Durscht,
muesch e Chrüsli Markgräfler Wiler Schlipf-Wii sürpfle".
Die Tochter Rösli brachte frisch gebackenen Gugelhupf,
den sie in der Weiler Fortbildungsschule gebacken hatte.
Ihre blonden Zöpfe waren zu "nette Neschtli ane dreiht".
Rösli hatte "ihr Aug uf Annas blonde Willi Bueb g'worfe".
Sie trug die "Markgräfler Tracht mit ihrer Hörnerkappe".
Jobi hingegen war nicht rasiert. Er hatte "e verschlirgte
Militär-Drillich a, un het a'gfange Schnuregiege z'spiele".
Anna amüsierte sich über den gemütlichen Gratulanten.

Ihre Tochter Nani erzählte allen froh, daß Fritz im März
das Sanatorium verlassen dürfe. Dann zwei Monate im
Hotzenwälder Reizklima bei Pauline "reconvaleschiere".
Der leidgeprüfte Vater Jobi bedankte sich unter Tränen.
Er war plötzlich still und gab Anna "e grüselige Schmutz".
Rösli umarmte Willi und gab ihm "au e glei's Schmützli".
Anna murmelte: "Do fliege wieder alli Summervögeli".

Die Stippvisite der Basler „Frau Konsistorialrat Vischer",
ihres damaligen Alioth Ziehkinds Elisabeth, ehrte Anna.
Lissi hat im Familienamen "us'm Basler Daig" gratuliert.
Das teure Geschenk war ein modischer Hut einer Basler
Modistin. Lissi sagte verschmitzt: "Kopf hoch Anna", die
antwortete: „Grützi an d'Mamme un Babbe, Dr. Alioth".

Der Überraschungsbesuch der "Stucki-Gäägsnase" Ursi
und Vreni erinnerten Anna an ihre ersten Jahre in Basel.
"Ihr muent uf jede Fall im Schpötlig uf de Lindeplatz cho,
wo mer de Franz Josef Geburtstag größer fiere wänn".
Die "Gäägs-Nase" müßten auch ihren Vater mitbringen.

So war Annas Geburtstag ohne persönliche Einladungen
zu einem heiteren Festtag geworden. Einige Gratulanten
„hen e halbi Chischte, Öl am Huet un eins im Heft g'ha".
Auch Anna hatte einen herrlichen Schwips eingefangen.
Am frühen Abend waren alle Gäste auf ihrem Heimweg.
Dann legte sich Anna aufs Sofa und duselte vor sich hin.

Es erschienen ihr Traumbilder mit dem Mühle Spielbrett:
Der Weißkittel Dr. Bacmeister hatte einen Klingelbeutel
am Arm hängen. Vor jedem Spielzug mußte der Patient
Geld einwerfen, bevor er den Mühlestein setzen durfte.
Dann schwirrten ihm Motten und Tuberkel wild um den
Kopf, und sein Brustkorb leuchtete wie das Röntgenbild.
Nun untersuchte der Waldgeist anstelle Bacmeisters und
blies die gute Schwarzwaldluft ins Gesicht des Patienten.
Der „Wäldergeist Joggele" lachte und machte sich lustig.
Der Doktor sei ein schwindsüchtiger Luftikus statt Arzt.
Dann schwärmten wieder weiße Motten um Bacmeister.

Einen Wimpernschlag später begann das nächste Spiel.
Anna erkannte, daß diese Mühle "vor'm Gumpe" stand.
Die Mettlerin hatte einen großen Hut auf ihrem Haupt.
Unter dem Hut steckte allerlei Bargeld im hohlen Stroh.
Die Hutkrempe war wertlos mit Kriegsanleihen verziert.
Plötzlich entflammte ihr Hut. Die flackernden Anleihen
brannten ihr Blasen in den Balg. Franz Josef unkte dazu:
"Zweimol abbrennt! Fliegsch us de Füürversicherig use".

Frau Alioth gewann Annas verlorenes Mettler Spiel und
rief Martha Mettlers Schatten hinterher: "Hätt'sch Geld
in d'Schwiez brocht oder Gold kauft, hätt'sch de Hof no".
Dann nahm sie ihrem "Bijou Anna" den Hotzen-Tschäpel
vom Kopf und sagte: "E Frau muß e modische Hut a'ha".
Franz Josef lachte, als Anna die Augen rollte und seufzte.
Sie war von ihrem Trugbild völlig verunsichert, ob es das
Angesicht von Franz Josef oder vom Mettler Franz war.

Beim nächsten Brettspiel traf der Teufel auf den Kaplan.
Weihrauch und Weihwasser waberten um seine Waden.
Das satanische Bocksbein zuckte in der flimmrigen Hitze.
Es stank nach heißem Schwefel, wenn der Teufel tanzte.
Die Industriekamine stießen Rauchfahnen ins Wiesental.
Um den Kaplan kreisten Schutzengel wie Sphärenlichter.
Die weißen Steine hatten Gesichter wie uralte Erzengel.

Der Teufel gewann das Spiel gegen den Kaplan, weil er
ihm eine betörendes, sinnliches Frauenbild vorspiegelte.
Daran wollte sich der lottrige Lümmel lustvoll ergötzen.
Doch es war nur ein Zerrgesicht der höllischen Fratzen.
Beide eiferten um Menschen statt um den Sieg im Spiel.

Nach dem Trugbild der Morbidität, des Hochmuts und der Habgier träumte Anna vom fatalistischen Schicksal. Sie sah den Lörracher Kultursalon der Frau Baumgartner. Der Basler Philosophieprofessor Nietzsche zog an seiner Opiumpfeife und las seine wissenschaftlichen Texte vor. Er deklamierte: *Gott ist tot! Es lebe der Wille zum Nichts.*

Dann setzte *Zarathustra* die Mühlesteine auf das Brett. Er warf sein Mühlespiel um, bevor er es eröffnet hatte. Wie aus weitem Raum sprach er: *Der Mensch ist ein Seil, geknüpft zwischen einem Tier und dem Übermenschen.* Was man daran lieben könnte, sei allein der Fatalismus. Weder die Erlösung noch des Menschen Siegeswille sei so wie Anna sich die Welt beim Mühle spielen vorstelle. Dann ertönten Klänge aus Richard Wagners Opernwelt.

Im nächsten Moment entsprach *Zarathustras* Angesicht dem neuen Lörracher NSDAP Partei Vorsitzenden Boos. Er hatte eine schnarrende Stimme und pries den Dichter Hermann Burte sowie dessen *„völkisch Bluet un Bode"*. Sein rechter Arm wies wie ein Zwölfender Geweih nach oben und schwenkte einen Kandelaber als Armleuchter. Anna „tschuderte" und erwachte aus ihren Albträumen.

"Des glaub'sch it, was de im Traum alles förche chasch", erzählte Anna von ihren Träumen auf der Chaiselongue. Franz Josef schüttelte sich, als er Annas Trugbilder hörte. Er überlegte, ob er mit Anna scherzen sollte und meinte: Wer wie „Lumpe am Stecke" unter einem Kronleuchter getanzt habe und "Wiler Wii g'sürpflet het", brauche den unbegreiflichen Wahnsinn dieser Welt nicht zu beklagen.

Der Lindenplatz Achtziger

An ersten September Samstag 1925 spannte Jobi einen
Ochsenkarren an, um die Festverpflegung beizubringen.
Für Franz Josefs Geburtstag wollte er sich "nit lumpe lo".
„De Räbbuur het e groß Faß Gutedel uf e Wage g'lade".
Dann setzte er "d' Flädlisuppe-Haafe un Herdöpfelsalat"
auf den Pritschenwagen und fuhr zum alten Ritter in den
Gasthof Schwanen, um ein heißes Spanferkel abzuholen.
Seit sein Sohn Fritz geheilt war, scherzte Jobi wieder und
"het nit numme g'wetzti Räbmesser im Hosesack gha".

Die Ochsen zogen das Mittagessen für den Geburtstag
langsam durch den "Wiler Schlipf" in Richtung Tüllingen.
Im Rebberg schoß der "Bammert dünne Vogeldunscht",
um die gefräßigen Stare aus dem Rebberg zu scheuchen.
Bis zum "Räbhuus" spielte Jobi auf der "Schnuregiege".
Am Hundsrucker stieg er ab, "um sini Öchsli" z'schone".
Die Herbstsonne brannte den Zucker in die Weinbeeren.

In Lörrach wurde der Jubilar Franz Josef Büche abgeholt.
Anna packte zehn Linzertorten, Geschirr und Gläser ein.
Der alte Baurevisor durfte mit dem Geschäftswagen der
KBC auf den "Dülliger Berg bis zum Türkenlouis" fahren.
Das war eine Geburtstags-Überraschung für "de Babbe".
Der Kraftwagen hatte genauso viele Pferdestärken wie
der Jubilar an Jahren zählte. Der Chauffeur schaltete am
Tüllinger in den ersten Gang zurück und gab mehr Gas.
Das Auto kam zur gleichen Zeit wie Jobi zum Lindenplatz.
Die Tüllinger Glocken läuteten zur Mittagszeit, als ob sie
zum achtzigsten Geburtstag über Land einladen wollten.

Der Jubilar war "uf'm Dülliger Buckel" gut angekommen.
Das Ankommen gab dem Revisor stets ein gutes Gefühl:
In Basel als Baurevisor der Feuerversicherung; z' Lörrach
nach der nationalistischen Ausweisung aus der Schweiz.
Als gealterter Achtziger konnte er auf sein Leben blicken.
Mit waltender Gelassenheit und abnehmenden Kräften.

Franz Josef ließ seinen altersmilden Blick zum Denkmal
des Generalleutnants Türkenlouis ans Käferholz streifen.
Da hatte der Markgraf seine entscheidende Schlacht für
Baden dereinst im Spanischen Erbfolgekrieg geschlagen.

Die Rebberge mit dem "Ötliger Hohlä", mit der "Haltiger
Stiegä" und mit dem "Wiler Schlipf" lagen ihm zu Füßen.
Der "Wiler Räbmässer-Müpfi" lobte diese Landschaft mit
seinem Markgräfler Satz: "Wer dur Oetligä goh't un wird
nit agafft, un dur Haltigä un wird nit usglacht, un dur Wil
un wird nit gschlagä, der cha vo ziemli viel Glück sagä".
Dann "het er d'Schnuregiege ans Muul g'no, un g'spielt".

Von der Schweizer Grenze kamen „währschafti Chaise".
Denn Annas Geburtstagsüberraschung "het aneg'haue".
Nicht nur die Tochter Frieda aus Franz Josefs erster Ehe,
sondern auch seine Tochter Sens, die Nonne, trafen ein.
Frieda lebte mit ihrem Garnspulermeister Ernst in Wehr.
Sie hatte zehn Jahre ledig bei ihrer Tante Berta gewohnt.

Die Nonne Crescentia war gerade zum Besuch in ihrem
Basler Mutterkloster. Sie missionierte in Schwarz Afrika.
Die fromme Missionsschwester trug ihren Ordens-Habit
und die flügelartige Hauptbedeckung der Dominikanerin.
Mit dem zweiten Wagen kamen fünf "Basler Beppi" an.
Es waren Basler Marschtambouren mit ihren "Chübeli".
Sie trommelten für Franz Josef und schmetterten Hebels
beliebten Basler Gassenhauer: "Z'Basel am mym Rhy".

Der beschwingte Jobi sang wie alle anderen laut mit und
servierte den Baslern "e recht Vierteli Markgräfler Wii ".
Dann setzte er mit "e'me Altwiler Spruch no eine druff":
"Mehli, Müller Marx, das isch öbbis args! Und die Basler
sin no g'scheiter. Das sait me au vom rieche Schneider".
Dann hob er sein Glas und sagte:"Gsundheit, ihr Herre"!
Jobis "Markgräfler Gesichtsrose" strahlte wie ein Stern.

Die „Schwetti" köchelte im Kessel, den Annas Buben an
einem Dreibein über dem Holzfeuer aufgehängt hatten.
Jobis Spießbraten wurde in Gußkasserollen aufgewärmt.
Die Töchter trugen die Tellergerichte flugs an die Tische.

Am Jubilartisch saßen die Männer der Ehrengesellschaft
"Zur Hären", deren Mitglied Franz Josef werden wollte.

Doch der Weltkrieg hatte die Mitgliedschaft verhindert.
Auch die „Stammtischbrüder us'm Lörracher Warteck"
waren eingeladen und prosteten Franz Josef laufend zu.
Sie diskutierten über die Lörracher Gewerbeausstellung,
das aufstrebende Kunsthandwerk und den Aufschwung.

Vreni und Ursi Stucki saßen bei Frieda und Crescentia,
die sie aus der Zeit kannten, als ihre Mutter noch lebte.
Die Nonne erzählte von ihrer Missionsarbeit im Kongo.
Sie arbeitete in einem Urwald Krankenhaus. Die Heiden
würden getauft. Sonst gebe es nur Geistesbeschwörer.

Nach dem üppigen Festessen in harmonischer Trautheit
löste der Gutedel die Zungen und schürte die Stimmung:

Pauline suchte das Gespräch mit der Dominikanernonne.
Sie besaß Bilder von Kindern der Afrika Missionsspende.
Als Nani von den Adventisten und dem Lörracher Urwald
Missionar, dem Pionier in der grünen Hölle Amazoniens,
aus der Zeltmission erzählte, beendete Sens das Thema.
Auch Tante Pauline hatte religiöse Befürchtungen, daß
sich Nani bei den Adventisten der Versuchung aussetze.
Bei Fritz sei es weniger schlimm, denn er sei evangelisch.

Stuckis Töchter tratschten mit der „Hotzenwälder Anna".
Ob sie noch Mühle spiele, wie einst in den Basler Zeiten?
Anna lachte herzlich und bestätigte gern, daß ihre Kinder
mit den schwarzen Mühlesteinen siegen lernen sollten.
Der Weltkrieg habe ihre Spielstellung der weißen Steine
zerstört. Doch ihr Brett sei für gute Spielzüge aufgestellt.

Ihr Sohn Willi spielte unterhalb des Festplatzes mit Rösli
"blinde Maus" wie einst der Dichter Johann Peter Hebel
im Kreis der „Proteus" Gruppe mit seiner Gustave Fecht.
Dort hatte dem jungen Hebel Mut gefehlt, seine Gustave
zu fragen, ob sie „de arm Präzeptoratsvikari hürote will".
Die „Proteuser" parodierten altgriechische Philosophen,
die Kultur der Kelten und hatten ihre geheime Sprache.
Sie spielten Scharaden und ergötzten sich in Lebenslust.
Anna erinnerte an „G'schichte us'm Gotte-Stübli-Buch".
Der Weiler Pfarrer Günttert war erster „Proteuser Vogt".
Auch Pfarrer Hitzig aus Rötteln liebte den illustren Kreis.

Fred und Olga feierten wie dereinst im Basler Volkshaus.
Doch es zeichnete sich bei Freds Freiberger Pferdezucht
ein Finanztief ab, da niemand mehr Militärpferde kaufte.
Die Elsässer hatten weitere Pläne: Eine große Schafzucht
auf den Blotzheimer Weideflächen und in den Vogesen.
Nani und Fritz tranken den Kaffee zusammen mit ihren
Elsässer Freunden, die eine Tilgung des Kredits wollten.
Fred sagte:" "I bruuch de Motte-Zaschter für mi Schoof".
Das bedeutete für Fritz und Nani, die ersehnte Hochzeit
weitere zwei Jahre zu verschieben, bis Fred bezahlt sei.

Während die Geburtstagsgesellschaft munter plauderte,
hatten die Frauen das Geschirr am Brunnen gewaschen
und das Wasser für "Cafi" erhitzt. Dazu gab es die Linzer.

Der Achtziger und der pausbäckige Stucki schwelgten in
alten Erinnerungen über die "Hotzenblitz" Geschichten.
Franz Josef behauptete, daß er jedem Hotzenwälder an
der Nase ansehen könne, ob der "Hotzeblitz einschlage".

Stucki winkte Pauline zu und fragte lachend: „Chapeau Mademoiselle! Solle mir z'Basel Schiffschaukel fahre"?

Anna bat die Gäste, sich zur Kartoffel-Kette aufzustellen. Sie sangen freudig: "Auf der Bad'schen Eisenbahne, wollt ich zur Pauline fahre" und brüllten lauthals den Refrain: "Von Lörrach, Fahrnau, Wehr am Bach, fahre mir ins Löli-Kaff". Am Anfang der Polonaise stolzierte Tante Pauline. "Zwüschedure" marschierte Tante Berta mit den andern. Franz Josef trug die leere Kartoffelschüssel am Zugende. Anna hatte das Züglein wie beim Mühlespiel aufgestellt.

Am Abend verabschiedeten sich alle Geburtstagsgäste. Es kamen zwei Riehener Kutschen "d'Schlipf uf gfahre". Die Nonne herzte Frieda und ihren Vater, als sie einstieg. Sie bedankte sich bei Anna, daß der Besuch möglich war. Diese antwortete, daß sie diesen Tag dem "Basler Daig" verdanke. Der Damen-Salon von Frau Alioth hatte bis in das Dominikaner-Kloster Einfluß. Die Mutter Oberin sei der „Konsistorialrätin Lissi us'm Daig" bestens bekannt.

Der Direktionswagen der KBC fuhr an den Bahnhof nach Lörrach. Pauline und die Wehrer nahmen den Abendzug von Lörrach über Schopfheim bis zum Bahnhof in Wehr. Die Jungmannschaft und die Stammtischler trollten sich nach Lörrach herab und sangen "s'Schnäggehüsli-Lied".

Fred stimmte das Elsässer „Kehrüs-Liedli" an und foppte vom Motorrad herab: „Jobi, schass mer de Giggel us'em Jardin, er frißt min Légumes". Dann brauste er mit seiner Olga auf dem Motorradsattel im Karacho heim ins Elsaß.

Zum Abschied trommelten die Basler Marschtambouren. Der Achtziger fühlte sich versöhnt wie in „de Basler Zit". Die "Herre" der Ehrengesellschaft "Zur Hären" luden den Jubilar im Jänner "uf de Vogel Gryff un zum Wilde Maa".

Franz Josef war gerührt und sprach den Glai-Basler Vers: *"Allewyl im kalte Jänner, sind Glaibasler Ehrezeiche dra, dann hupft dr Leu, danzt stolz d Gryff, und segglet au de wildi Maa".* Der gute alte Freund Stucki bekam Tränen in die Augen und sprach zum Abschied eine Einladung aus: "Am nächste Vogel Gryff gö'mer mitenander uf'd Gaß".

Auch Jobi spannte seine Ochsen an, packte den übrigen „Feschtgrümbel, das leere Weinfass un's Gschtellagie" auf seinen alten Karren und kutschierte "de Schlipf abe". Man hörte „ sieni Schnuregiege no e Rüngli im Räbberg".

Franz Josef und Anna blickten nach dem Geburtstagsfest vom Lindenplatz über die Markgräfler Dörfer zum Rhein. Es war ruhig geworden. Nur der Bammert schoß noch im Rebberg, um die Vögel aus dem Weinberg zu vertreiben.

Der Revisor war unsicher, wie es in den nächsten Jahren mit ihm weitergehe. Er dachte an Johann Peter Hebel:

Der *Wegweiser*

Wo isch de Weg zu Fried und Ehr, der Weg zum guete Alter echt? Grad fürsi goht's in Mäßigkeit mit stillem Sinn in Pflicht und Recht".

Für Anna war die Antwort klar: "I setz mini Nüni-Schtei“ mit den weißen und schwarzen Steinen „uf's Spielbrett". Wenn ein Spiel beendet sei, „muesch halt neu a'fange“.

Mit dem Abendstern zog die Stille auch im Rebberg ein. Vom Jobi hörte man „d'unte kei Hüscht me un kei Hott". Der alte Revisor blickte nach Lörrach und an das Röttler Schloß. Dann überlegte er: "*Was mein'sch?* "*Alles goh't im Alter zue, und nimmt sie End, nüt stoht me still*", wie „de Ätti in Hebels Gedicht, *D'Vergänglichkeit,* gsait het".

Franz Josef dachte bei Hebels Vergänglichkeit an Häuser, die er als Zimmereimeister im Berufsleben gebaut hatte. An die großen Basler Stadthäuser und alte Bauernhäuser im Hotzenwald: Sie würden im Zeitablauf auch zerfallen. Häuser bestünden nicht nur als gebaute, schöne Räume, sondern gäben Freiheit und Schutz für das eigene Leben. Er verweilte in seinen Gedanken beim Lörracher Hebel-Denkmal und murmelte: „*Un's sinn no Sache ähne dra*“!

Anna sprach leise einige Verse aus Johann Peter Hebels „*Sonntagsfrühe*" in den stillen Lindenplatz-Abend: „*Der Samsdig het zum Sundig gsait, jetz hani alli schlofe gleit.* Ihr Mann blickte zum Abendstern hinauf und sagte: "*de bisch au wieder zitli do und lauf'sch de Sunne weidli no*".

Die „Hotzenwälder Anna" hatte die Worte ihres Mannes zu Hebels Abendstern auf sein hohes Alter bezogen und begann ihre Mühle-Steine ab 1929 auf Anfang zu setzen. Sie überlebte Franz Josef Büche 36 Jahre lang in Lörrach. Ihren Enkeln lehrte sie wie ihr Lehrer, Mühle zu spielen.

Rückblick Anna Büche

Meine Urgroßmutter, Anna Büche, geb. Keller, wurde im Jahr 1875 im Hotzenwald in Großherrischwand geboren. Ich durfte Uroma als ältester Urenkel 14 Jahre in Lörrach bei den Großeltern Fritz und Anna (Nani) Mehlin erleben.

Annas Herkunft aus dem verarmten, strohgedeckten Hof, ihre Zeit als fleißige Magd auf dem Mettlenhof hoch über dem Wehratal, und die stete Förderung ihres Dorflehrers bestimmten die Jugendjahre des gescheiten Mädchens.

Nach dem Brand auf dem Mettlenhof ging sie nach Basel und wurde zuerst Dienstmädchen; später dann vertraute Mamsell bei der Basler Industriellenfamilie Dr. L. Alioth, einem Verwaltungsrat der Basler Feuerversicherung, die den Wehrer Baurevisor Franz Josef Büche beschäftigte.

Anna heiratete in Basel Franz Josef Büche, der sie vom Mettlenhof nach Basel in ihre Stellung gebracht hatte. Sie bekamen fünf Kinder. „Nani" ist meine Großmutter.

Im ersten Weltkrieg folgte 1917 die harte Ausgrenzung aus Basel in den Schweizer Aufstands- und Not- Jahren.

Die Familie fand in der Grenzstadt Lörrach ihre Heimat. Anna Büche starb mit 90 Jahren im Jahr 1965 in Lörrach. Uroma hatte nach dem Tod ihres Mannes Franz Josef bei Fritz und Anna in der Lörracher Riesstraße 15 gelebt.

Hochzeitsfoto

Fritz und Nani 1927

Ernst **Friedrich** Mehlin, *Weil 1904 - 1999 + Lörrach
Anna **Mehlin, geb.** Büche, *Basel 1901 - 1990 + Lörrach

Alemannisches Glossar

abe g'fahre, -g'stiege	herabgefahren, gestiegen
Ägidler	Gruppe Ägidius Riedmatter
Ätti	Großvater
a'fange, a'pflume	anfangen, beleidigen
a'gleit, a'gschirrt	angezogen
amel	manchmal
ane-grapst, -klöpft	hin-gespielt, -gedrückt
ane-bringe, -pfäfferet	hin-bringen, -geworfen
Babbe, Mamme	Vater, Mutter
balari	betrunken
Bammert	Feldhüter im Rebberg
baselbürtig	in Basel geboren
Basler Beppi	typischer Basler Mann
Basler Daig	führende Basler Familien
Basler Läckerli	Basler Lebkuchengebäck
Beize	Gastwirtschaften
biege	anfüllen
blange	wünschen
blose	blasen
blutti Bei	nackte Beine
bobbere	klopfen
Bohne-Cafi	Bohnen-Kaffee
bosget het	verbrochen hat
Brägeli	Pfannenkartoffeln
Bräntz	Schnaps
Breggli	Kutsche
brocht	gebracht
Brotis, Burgimeischterstück	Braten, Rindfleisch vom Bug
Buddig	Fächerschrank
Buebe	Knaben

Büggi	Rückenwanne
Buerli	Kleinbauer
Bürschli	junger Bursche
burzle	purzeln
Buuregarte	Bauerngarten
cha, chasch	kann, kannst du
Chaise, währschaft	Kutsche, stabil
Chärreli	kleiner Wagen
Chäs	Käse
Cheip	Saukerl
Chinder	Kinder
choche	kochen
chöme, chunsch	kommen, komme
Chrüseli	Locken
Chrüsli	Krüglein
Chuchi, Buddig	Küche, Ablagefach
Deckchi	Decke
devo	davon
diffig	klug, clever
Dilldapp	Trottel
dischgeriere	tratschen
döble	tasten
Döchel, Gnulleri, Löli	dummer Kerl
Döchterli	Töchterlein
Dogder	Doktor
Drotwaramsle	leichtes Mädchen
druff	drauf
due, duet	tun, tut
dunderschießig	bemerkenswert
dure dreie	durchdrehen, spinnen
Dürrer Ast	Lokalität nach Scheffel

Im Dütsche	In Deutschland
duusig	tausend
eimol, emol	einmal, einst
Elsiß	Elsaß
faißes	fettiges
fascht	fast
Fiduz	Mut, Mumm
Füdle pfupferet het	gefurzt
Fuffzgerli, vertrampt	Fünfziger Münze, getreten
förche	fürchten
Gäägse, Gügsi	Basler Backfisch
gange	gegangen
Gaß	Gasse, Öffentlichkeit
gattig	sittsam, angesehen
Geißle pfitze	Geißel schlagen
g'esse	gegessen
Gerschtli	Geldvermögen
g'funde	gefunden
git, g'ha	gibt, gehabt
g'hürote	geheiratet
Glai-Basel, -Hünige	Kleinbasel, Kleinhüningen
Glämmerli-Sack Poschtur	Klammersack Figur
Gläpperligäßli	Kleinbasler Rotlicht Gasse
G'legeheit	Gelegenheit
g'lehrt	gelernt
glie, grad	gleich, augenblicklich
gnueg	genug
Gnuferi	Umstandskrämer
goh, göhnt	gehen, geht
Gotte-Chind	Patenkind
Grind	Kopf, Schädel

S'Gotte-Stübli	Oberrhein Jahrbuch 1881
grüselig	grauslich
grusig g'hüült	heftig geweint
g'schenkcht	geschenkt
g'sait	gesagt
Gschirrli	Schüsselchen
g'schlage, a- us-g'lacht	geschlagen, an-aus-gelacht
g'schlupft, g'schupft	geschlüpft, gestoßen
Gschtellagie	Sammelsurium, Gerümpel
g'schtrahlt	gestrahlt
g'schüttet	ausgeschüttet
G'schwellti	Pellkartoffeln
G'setzli	Gebet, Vers
g'soffe, suffe	gesoffen, saufen
g'stopfti	reiche
Gugele, Öfeli-Schtei	Gewanne
Gugge	Tüte
gumpe	springen
Guttere Wii	Flasche Wein
Helge-Bildli	Heiligen-Bilder
Hemmli	Hemd
Herdöpfel, Grumbiere	Kartoffeln
hesch, hets	hast du, hat es
Heuet	Heuernte
Hiddigeigei	Scheffels Kater Figur
Hirni	Gehirn
hochi Wächte	Schneeverwehungen
Hörnerkappe	Markgräfler Trachten
Kappe	
Hohenastheimer	Getränk nach Scheffel
Hoheneck	Geol. Vorwaldverwerfung

Hohlä, Stiegä, Schlipf	Markgräfler Weinlagen
Hoor	Haare
Hösch Digge	Kleinbasler Anrede, Dicker
Hotzenwälder	Südschwarzwälder
hudle un sudle	Regen und Sturm Wetter
Hüfli Elend, Hufe	Großes Elend, Haufen
Hundsrucker	Straßen Steilstück Tüllingen
hungrigi	hungernde
Hurt	Lager, Speisengestell
Huus, Huut	Haus, Haut
Hüüser-Abmessig	Hausvermessung
ine g'haue	eingeschlagen
isch, g'sie	ist, war
jüngschdi	jüngste
kaasch, chasch	kannst du
Kadaschder-Vermessig	Kataster Vermessung
Kaltenbach-Rolli	Wagen der Fa. Kaltenbach
KBC	Koechlin-Baumgartner & C.
Kischte, im Heft	mit Alkohol beschwipst
knorze	schwer arbeiten
Konsi	Konservatorium
Läbe	Leben
Lämpe	Streit
Lierechübel, Chübel	Butterfaß, Basler Trommel
lötig	einfach, natürlich
luege	schauen
Lump am Stecke	Redensart, wildes Treiben
lumpe lo	geizig
Lumpesäck	Betrüger, Diebe
lüpfig Lumpedier	leichtes Mädchen
luschtere	hören, lauschen

Maidli	Mädchen
mieni	meine
Migger	kleiner Emil
Möggeli	Brotwürfel
Montur	Hotzentracht Männer
Moscht	Most aus Apfel und Birne
Motte un wissi Pest	Schwindsucht, Tuberkulose
mucke	abwehren
Mueder, Vadder	Mutter, Vater
Müpfi	Nörgler
muesch	müssen
Muul, Müler	Maul, Mäuler
Neschtli	kleines Nest
neume, ane goh	irgendwo, hingehen
nit, nüt	nicht, nichts
no	noch
nobili viri	Edle Herren von Tiefenstein
Nochbere	Nachbarin
nochher	nachher
nomol	nochmal
numme	nur
nümmi	nicht mehr
nüt	nichts
Obe, Z'Obe	Abend, abends
öbbis, gange	etwas, ereignet
obdue	aufsetzen
Oberwind	Ostwind
ohni mucke	ohne nachfragen
Öpfelwaije	Apfelkuchen
Palaver	Redeschwall
päpere	trinke

Pfluderi, pfludere	Trottel, schimpfen
pfundwies, pfundig	pfundweise, gewichtig
Proteus	altgriechischer Meeresgott
Räbbuur, Räbmässer	Rebbauer, Rebmesser
Ranzeschnitte	Prügel
reconvaleschiere	erholen
Rhy, Rhygaß	Rhein, Rheingasse
Rhyhafesproch	Hafensprache
Riebelisuppe	Eierstichsuppe
Rüngli	eine Weile
rusche	rauschen
Sakradie Schterneblitz	Flüche
Salpeterer, Ägidler	Hotzenwälder Gruppen
Sä-Lui	St. Ludwig
Sante Hanse Hafe	St. Johann Rheinhafen
scharwänzle, Scheiche	herumtanzen, Beine
Schmutz, Schmützli	Kuss, Küsschen
Schnäggli	kleine Schnecke
Schnöri, Schürebürzler	Schwätzer, Dorftrottel
Schnuregiege	Mundharmonika
schnure, Schnöri	plaudern, Schwätzer
Schnuderi, schnütze	Rotznase, Nase schneutzen
Schließgufe. Stecknodle	Sicherheits-Steck-Nadeln
Schoof, schofelig	Schafe, dumm
Schoggi	Schokolade
Schobe, Tschobe	Kittel
schpienzle	vorzeigen
Schpötlig, schpöter	Herbst, später
Schriener	Schreiner
Schürebürzler	Bauerntölpel
Schungeweckli	Schinkenbrötchen

Schürgi-Wägeli, schürge	Schiebekarren, schieben
schwätze, schwaudere	reden, quatschen
Schwetti	Masse, Flüssigkeit
Schwiezer	Schweizer
Schwöbli	junge Schwäbin, Badnerin
Schwobeland	Deutsche Nachbarschaft
selli	jene
Seich, Hure-Seich, Hafekäs	Mist, großer Mist, Käse
s'Richarde	Hausname Keller-Hof
sufer g'wachse	gut gewachsen
suuge	saugen
Summervögeli	Schmetterlinge
Sundigsrockch	Sonntagskleid
sunsch	sonst
sürpfle	bedächtig trinken
Trämli	Straßenbahn
trätze	ärgern, pisaken
Trübli trotte	Trauben keltern
Trottoir	Gehweg
Tschobe	Kittel
tschudere	frösteln, grausen
übere	hinüber
uffällig	auffällig
uffbaut	groß gemacht
uffe, uf	herauf, auf
usekeit	herausgeworfen
Usrede	Ausreden
Velo	Fahrrad
verbränzt, verschlirgt	schnapsgeprägt, besudelt
vergelschteret	verängstigt
verhächlet	zerredet

verrote	verraten
verschlänzti	zerrissene
vertrampt	zertreten
vertschuderet	verfroren
verzelle	erzählen
Vierteli	Ein Viertel Liter Wein
Vogeldunscht	schwacher Schrotschuß
Volkshuus	Basler Volkshaus
wägedem	deswegen
Waggeldante	Strichmädchen
Waggis, Schampedysi	Elsässer
währschaft	gediegen
Wälle rysse, uffrysse	Sause
Wiedechratte	Weidenkorb
Wießi Dupfe	weiße Farbklekse
Wiler Schlipf	Weiler Rutschhang
willsch, wirsch	willst du, wirst du
wissi Schtei	weiße Mühlesteine
wodsch	willst du
woge	wagen
Wühre,	Wasserkanal
Wybertli	Hustenpastillen Wybert
Zaine	Weidenkorb
Zaschter heusche	Geld einnehmen
z'Blotze	in Blotzheim
z'friede	zufrieden
Zit, Zite	Zeit
Züg, Zügli	Züge
zügle, Züglete	umziehen, Umzug
z'underobsi	durcheinander
zwüsche dure	dazwischen

Der Hotzenwald

Der Hotzenwald ist der südlichste Teil im Schwarzwald.
Er wird annähernd begrenzt durch den Fluss Wehra im
Westen, den Rhein und Klettgau im Süden zur Schweiz
sowie durch die Berge des Gebirgsbaches Alb im Osten.
Am Rhein liegen die Waldstädte Rheinfelden, Säckingen,
Laufenburg und Waldshut der ehemaligen Habsburger
Herrschaft Vorderösterreich, die bis 1806 bestanden hat.

Die Hotzenwälder der ehemaligen Grafschaft Hauenstein
sind hauptsächlich mit den Aufständen nach 1719, 1726
–1738, 1743–1745 und 1755 gegen die Grundherrschaft
des Klosters St. Blasien aufgefallen. Die „Salpeterer" sind
nach dem Salpetersieder J.F. Albiez benannt geworden.
Sie lehnten staatliche und kirchliche Veränderungen ab.
Trotzig, eigensinnig und verstockt gegen Entwicklungen.

Die Region Hotzenwald ist mit roter Signatur bezeichnet:

Der Autor

Nach dem Humanistischen Abitur am Hebelgymnasium Lörrach und folgendem Wehrdienst bei der Feldartillerie studierte Hans Mehlin Forstwirtschaftswissenschaften in Freiburg i. Br. und in Wien. Die Stadt Basel ist dem Autor seit der Kindheit vertraut, da diese Schweizer Grenzstadt der umgebende kulturelle Raum seiner Heimat Weil war.

Mehlin wurde bei der Landesforstverwaltung beamtet. Ab dem Jahr 1986 Referent der Forstdirektion Freiburg und arbeitete davor in den Forstdienststellen Kandern, Breisach, Waldshut, an der Universität Freiburg und bei der Forstl. Versuchs und Forschungsanstalt in Freiburg. Als wissenschaftlicher Assistent promovierte er an der Freiburger Forst-Ökonomie und war von 1986 bis 2002 Lehrbeauftragter. Über 26 Jahre leitete er das Staatliche Forstamt Bad Säckingen. Forstdirektor Dr. Hans Mehlin war im Ehrenamt Naturschutzbeauftragter im Landkreis Waldshut. Meistens am Hochrhein und im Hotzenwald.

Den familiären alemannischen Dialekt konnte Mehlin im Deutsch-Schweizer Grenzgebiet am Hochrhein und im Hotzenwald beibehalten. Seine autofiktionale Erzählung mit alemannischen Einschüben in der Standardsprache hält sich an familiäre, überlieferte Schauplätze und an die Familiengeschichte der beschriebenen Verwandten. Den alemannischen Dialekt seiner Vorfahren verwendet Mehlin urig und erläutert ihn im Alemannischen Glossar. Er zog im Jahr 2002 vom Amtssitz Bad Säckingen in den Hotzenwald und wohnt seither in Herrischried Hogschür.

Ich danke herzlich Herrn Direktor der Zentralstelle a. D. Dr. Hermann Bolz und Herrn Forstdirektor a.D. Manfred Maier für ihre Anregungen und die Typoskript Korrektur. Ebenso meinem Vetter, Herrn Orchestermusiker Thomas Mehlin, der Annas Lörracher Zeit sehr nahe erlebt hatte. Für die „Chronik-Segeten" danke ich Frau Claudia Huber.

Reihe Alemannisches Intermezzo von Hans Mehlin:

Die Hotzenwälder Anna

Mehlin erzählt von seiner Uroma Anna von 1890 bis 1918 als gescheites Schulmädchen im großherzoglichen badischen Hotzenwald, als Magd auf dem Mettlenhof und als Mamsell in der Großstadt Basel. Das Mühlespiel hat ihr der Dorflehrer schon im Hotzenwald beigebracht. Sie wendet die Spielzüge auf ihr Leben an, das sie als Dienstmädchen in einer großbürgerlichen Familie in Basel lernen kann. Mit alemannischen Einschüben als Mundart Dialoge in der Standardsprache erzeugt der Autor ein authentisches, alemannisches Sprachgefühl.

Im ersten Weltkrieg wird Anna mit ihrer Familie aus der Schweiz ausgewiesen. Ihr Leben besteht wieder aus Armut und Hunger. Sie stellt ihr Mühlespiel im Leben neu auf. Der Krieg und Not hatten sie erneut im Griff.

ISBN: 978-3-7534-6131-1   BoD   2021   4,99 Euro
Auch als E-Book erhältlich.

Die Hotzenwälder Himmelsleiter

Mehlin verzellt von den Schwestern der Hotzenwälder
Anna: Pauline und Steffane in den Jahren 1890 bis 1918.
Die fromme Urgroßtante Pauline, eine leicht „schrullige
Bäuerin, war schon als Kind in den Kaplan verschossen".
Die Himmelsleiter stand ihr näher als die Demutstreppe,
auf die sie der Kaplan zerren wollte. Gar nicht maulfaul
Antwortete Pauline auf die anzüglichen Bemerkungen
der Dorfburschen: Wenn de jetz scho schwitze muesch,
chasch es in de Hölle garnit ushalte. Denn dört chunnsch
ane, wenn de no so saublöd umme chäschperle willsch.
Du Schwauderi! Die fromme Jungfer sah nur den Kaplan.

Mehlins Urgroßtante, die Hotzenwälder Pauline, brachte
ihren Hof durch gute Beratung und Fleiß auf Vorderfrau.
Sie ernährte in den Notlagen die Verwandten in Lörrach,
die es dem „Hotzenwälder Original" lebenslang dankten.

Ihre Schwester, die schöne Steffane, wurde Dienscht-
Maidli in Säckingen bei der Fabrikanten Familie Hüssy-
Brunner. Im Jahr 1901 wanderte Steffane zu ihrer Tante
nach Amerika aus. Sie fand auf der Atlantiküberfahrt ihr
Glück bei dem Seekadetten Paul, den sie in Philadelphia
heiratete. Danach lebte sie in der amerikanischen Welt.
Ein Traum vom Himmelsglück bis zum Schiffsuntergang.

ISBN: 978-3-7557-1389-0   BoD   2021   6,99 Euro
Auch als E-Book erhältlich.